上海爱情浮世绘

潘向黎 著

人民文学出版社

图书在版编目(CIP)数据

上海爱情浮世绘/潘向黎著. —北京：人民文学出版社，2022
ISBN 978-7-02-017332-7

Ⅰ.①上… Ⅱ.①潘… Ⅲ.①小说集—中国—当代 Ⅳ.①I247

中国版本图书馆CIP数据核字（2022）第125898号

责任编辑　臧永清　刘　伟
装帧设计　刘　远
责任校对　杨益民
责任印制　史　帅

出版发行　人民文学出版社
社　　址　北京市朝内大街166号
邮政编码　100705

印　　刷　北京盛通印刷股份有限公司
经　　销　全国新华书店等

字　　数　160千字
开　　本　880毫米×1230毫米　1/32
印　　张　10.125　插页1
印　　数　1—30000
版　　次　2022年9月北京第1版
印　　次　2022年9月第1次印刷

书　　号　978-7-02-017332-7
定　　价　59.00元

如有印装质量问题，请与本社图书销售中心调换。电话：010-65233595

目 录

001　荷花姜

029　旧情

061　天使与下午茶

103　梦屏

135　睡莲的香气

171　觅食记

217　添酒回灯重开宴

253　你走后的花

289　兰亭惠

荷花姜

每一次看见那个女人,丁吾雍心里就有一个声音响起:应该去报案。

开餐厅这么多年,丁吾雍记住了一些客人,他们的脸,他们的衣着,他们的点菜偏好,他们对钱的敏感度(不是经济能力,因为人是一种有趣的动物,支付能力是一回事,对钱的敏感度是另一回事),还有他们的姓,甚至有的是连名字都知道了(通过订座位、刷卡签字、在席间与别人通话的自报家门等等),但是丁吾雍不会一直记得他们,一般只要他们超过两年不出现,这些本来清晰如结晶体的印象就会在时间的水流里渐渐消融,那些晶体不是被水流冲走,而只是在水的浸泡中渐渐地钝了棱角、小了体积、模糊了边界,然后坍塌,直到消失在水中。你知道它们仍然在水里,但是水中已经看不到那些清晰的存在了,当然它们不至于消失得干干净净，假如那些客人在两年的边缘出现了，丁吾雍还是会觉得脸熟，他会笑着打招呼：好久不见。然后用那种久别重逢的笑容给对方照出一条路，让对方顺利地坐下来。然后慢慢回忆曾经了解的这人的喜好，以及对钱的敏感度。如果超过两年，这项功课就得重新进行。

但是有一个人，丁吾雍确定不会忘记。

人对某些人的记忆，是另一种质地，表面上看上去也是晶体，但硬度很大，水不可能溶解它的，相反，不论过多少年，它都可以拿来划玻璃。哪怕被记忆的那一方已经从你的眼前甚至这个世界上消失很多年。

当这个女人第二次出现，丁吾雍就确定这是他的记忆中晶体不可溶的那一类。

第一次出现，她穿了一件沙滩色的麂皮猎装，牛仔裤，一双长到膝部的长统靴，头发是盘起来的，但有一些细碎的卷发，像小浪花一样到处飞溅。丁吾雍看了一眼她的脸，第一个反应是：哇。第二个反应，想起了很久以前在一本书里读到的两句——"身量苗条，体格风骚"，那本书叫什么，想不起来了。后来多看了几眼之后，丁吾雍判断：她应该三十出头了。丁吾雍知道，五官是爹妈给的，满脸的胶原质是年轻的附赠品，而这份苗条，这份动力十足的力量感和流畅的韵律感,却一定是多年运动和自律才能拥有的。

根据多年阅人无数的经验,这样的女人身边的男人,要么像鲜花下的泥土无法入画入眼,要么只能当陪衬的绿叶若有若无。但这女子不但自己亮眼,连和她一起来的男人也旗鼓相当,这男人浑身上下从里到外一身的黑灰色,全部是那种吸收光线的上佳质地,又无一不是半新不旧,中等身材,相貌端正而不出奇,记得在哪里读过:这样的男人适合当间谍,因为不容易引人注目,也不容易被记住。但是见了他两三次之后,丁吾雍就知道自己错了,这个男人绝对不适合当间谍——他寻常的身高和相貌是个看似平凡的灯笼,灯笼的光一旦亮起来,就看不见灯笼只看见光了。这个男人举手投足就是有一股子味道,和一般人不一样,一定要说出来有什么不一样,只能说:好像他每次出现,身后都跟着一队随从。好像他往哪里一站,追光就自动跟到哪里,他一抬眼,就有一个麦克风自动从空中挂下来,停在他的面前恰好的位置。

他很少说话,好像真的有一个麦克风正对着他,而他要说的话偏偏是惊天的大秘密一样的。他几乎不说话,至少丁吾雍在很长一段时间里没有听到他说完整的一句话,只听到他说:"谢谢。"这是用毛巾托递热毛巾给他。还有他有时候对身边的女子说:"好。"这是女子拿着菜单在问他要不要点一个金枪鱼 toro 还是甜虾刺身。他也有主动开口的时候,比如说:"走吧。"那是他们就着一瓶"菊正宗 吟酿"或者"久保田 千寿"吃完一整套的"旬之味"会席料理加散点的煮物和渍物,又喝了两杯热茶之后。每次说出这两个字,女子的行动也很迅速,他们在两分钟之内一定会离开。那个男人总是在喝茶的中间已经把账付了,他还是不说话,只用手里的钱包和眼神示意,然后用现金把账付了。

一个很特别的男人。一身黑灰色,寡言,用现金。

女子则正好相反,她整个人像一挂瀑布,不但引人注意而且始终是热闹的,她说个不停,而且表情多,时而眉飞色舞,时而大笑,时而噘嘴,时而手托着下巴翻一个白眼,时而笑着笑着突然把脸埋在自己的臂弯里——她把双臂放在吧台上。也不知道是笑得累了,需要调整气息,还是笑着笑着变成了别的表情,又不想让别人看见。

令丁吾雍有些奇怪的是,他们经常坐吧台。只看一眼,丁吾雍就知道他们不是夫妻,也不是工作关系,更不是一般朋友。丁吾雍觉得他们会需要包间,这里有的是清雅安静的包间,那些包间每一间都有自己的名字:驿,涧,梅,雪,竹，兰，松，风，月……都适合一些希望清净的客人，也适合那些不愿意示人的对话和氛围。但是这两个人似乎不需要，他们大多数情况都只坐吧台。大概是那个女子喜欢高高在上的吧台？或者那个男子出于某个理由宁愿选择众目睽睽的吧台？一身黑灰的，用现金的，寡言的人，应该拒绝吧台的，为什么偏偏坐吧台呢？丁吾雍猜不出来，也就放过了。

日常里，许多事情都是这样的，再奇怪再想不通，发生的次数多了也就成了惯例成了自然，也就习惯了。许多百思不得其解的结局，并不是最终"得其解"，而是大家慢慢习以为常，不再求解。

丁吾雍这个老板，不是那种只投资、不掌握核心技术的老板，他自己就是主厨之一，而且是餐厅的招牌。当初日本留学回到上海，许多人都用带回来的钱买了房子然后进一家日企，而他，不喜欢朝九晚五的刻板，似乎对在人堆里谋生有一种天然的畏惧，于是选择了自己开餐厅。他知道，这样一选择，就再也不能回到正常上班族的轨道了，所以他必须掌握核心技术，才能不因为主厨的变动而使自己陷入困境。后面的事情也没什么可说，一个天赋高的人一旦投入，事情早晚总是会顺利的。唯一的痛苦，就是丁

荷花姜

吾雍被捆在了店里，除了一年一次的春节休息七天，丁吾雍几乎一周六天都在店里，而且只要有客人，他的位置就是在吧台内的操作区，站着。休息的那一天，他睡觉，看书，有时候去钓鱼。作为一个四十多岁的男人，丁吾雍似乎没有任何中年危机。但他心里清楚，之所以没有中年危机，是因为他自从大学毕业就不再年轻，提前进入了中年，他觉得自己二十年前就是中年了。

和他相比，余清是个正常的女人。余清经常抱怨，说他回家太晚，害得她早睡不成，影响皮肤。余清不是丁太太，两个人在一起没什么不好的，但好像没想起来结婚，或者说缺乏动力去做这件事，当然也没有人用传宗接代生孩子之类的来烦他们，就这样，两个人同居十年了，关系稳定。

丁吾雍经常在吧台内的操作区，因为这一对男女总是坐在吧台一角，所以只要他抬头，不用刻意把脸转过去，用余光就可以知道他们的动静，相距不过六七米，他们说话的声音如果稍大，丁吾雍也能听个大概。这样的客人，丁吾雍希望他们能一直来，于是他采取了最稳妥的做法：保持距离。他们和其他客人不同，太不同了。丁吾雍不但不和他们攀谈，也暗示穿着和服的女侍者不要和他们攀谈，除了上菜和送饮料，不用给他们倒酒，尽量减少打扰他们的可能。丁吾雍自己，连目光都很少打扰他们，除了他们进来时例行的"欢迎光临"，丁吾雍甚至连每次对坐吧台的客人递上的微笑都减到半明半灭。丁吾雍想让他们觉得：自己在忙着呢，根本没太在意他们的出现，当然也不会记住他们，更不可能期待他们的到来。既然他们选择了离他很近的吧台，应该是一种对丁吾雍的信任，那么丁吾雍必须让这种信任的幼苗扎根、长大、枝繁叶茂。这就要让自己隐入背景之中，虽然是站在他们斜对面的一个大活人，但他要尽可能让自己就像店里的一架屏风（那架黑色底子上画着硕大宽纹黑脉绡蝶的漆艺屏风）、一盏灯笼（那盏白色的和纸上面飘着枫叶的灯笼）、一瓶花（那瓶吧台上定期更换的大型插花，经常是蝴蝶兰、天堂鸟、粉掌、白掌、跳舞兰、菖蒲、洋水仙），总之是一个自然、安静、绝不可能泄露任何秘密、令人毫不设防的存在。

他做到了。他们越来越无视他的存在，

那个女子，丁吾雍始终不知道她的名字，连姓也不知道，但是丁吾雍知道她最喜欢的一道菜：荷花姜，于是丁吾雍在心里暗暗叫她荷花姜。

如果在网上查荷花姜，可以看到——

即阳藿，又叫茗荷。英文：myoga，或 myoga ginger，日语：ミョウガ。

姜科姜属多年生草本植物。喜温，遇霜茎叶凋萎，耐阴湿，有较强的抗病虫性。食用部分为花蕾，味芳香微甘，可凉拌或炒食，也可酱藏、盐渍，富含蛋白质、脂肪、纤维及多种维生素等。有很多别名，俗称芽何，又称蘘荷、野姜、蘘草，嘉草（《周礼》），猼月（《史记》），蒚菹（《说文》），芋渠（《后汉书》），复葅（《别录》），阳藿（《广西志》），阳荷（《黔志》），山姜、观音花（《浙江中药资源名录》），野老姜、土里开花、野生姜、野姜、莲花姜。在日本又称茗荷，应为阳荷的变音。

有特殊的香气，素有"亚洲人参"之美誉，是东南亚各国家、地区居民喜食的菜肴。一般7月中旬至9月中旬收获。在中国的江淮地区多有种植，常与毛豆或咸菜同炒，味香，当地人称为蛇禾或舌禾，又因为此地方言繁杂，又有一种叫法即阳荷。在中国分布于安徽省、陕西省、江苏省、江西省、福建省、湖北省、湖南省、海南省、广东省、广西壮族自治区、四川省、贵州省、云南省。

据《本草纲目》记载，阳藿不仅可作为蔬菜食用，还有活血调经、镇咳祛痰、消肿解毒、消积健胃等功效。

但是作为日式料理店老板的丁吾雍，当初之所以毫不犹豫地在菜单上加了这道菜，是因为他知道茗荷在日本是受重视的。在日本，高知县、群马县、秋田县、宫城县都有栽培。还有一个传说：释家的弟子因吃了美味的茗荷料理，饱食之后居然忘了应该做的事而睡着了。茗荷的花蕾和花茎具有特殊香气、色彩、辣味，是季节感明显的香菜君王，在小菜、汤、酢渍、油炸、酱菜等日本料理中到处可见。

也许是日本人一向重视粗纤维菜品的习惯吧？就像他们一向爱吃牛蒡一样。但是丁吾雍猜测也因为荷花姜的美。荷花姜的轮廓很像毛笔笔毫的部分，写大字的，蘸满了墨。又像迷你的竹笋，有交错覆盖的硬壳；可是顶端的颜色是花一般鲜艳的，中间大部分是嫣红或者玫瑰红，只有根部和顶端泛出一点淡黄色，有时是雪白。丁吾雍觉得荷花姜作为食物，太好看了，简直性感。

另外，这是在中国，而且是中国也出产的食材，还是叫它荷花姜好听，也好记。所以在菜谱上，丁吾雍日文写的是"茗荷"（ミョウガ），中文写的就是荷花姜。

丁吾雍在"煮物"和"天妇罗"里都用了荷花姜，第一次看到的人，往往会"哇，真好看！"然后小心翼翼或者兴致勃勃地放到嘴里，接下来的情况就很难预料了，有人是新奇地辨析一会儿，然后说："这个很特别，嗯，一种特别的香。"有的人则是一下子吐出来："呸，这个什么味道啊？好奇怪！"荷花姜就是这个样子，模样娇艳，味道奇特霸道，不是人人都能接受的。

为了不让荷花姜受委屈，后来遇到有客人点，丁吾雍总是先问一句："您吃过荷花姜吗？"如果对方说没有吃过，丁吾雍会说一句："味道有点特别，不是人人都喜欢，您确定要试一试吗？"

但是那个女子，第一次吃了荷花姜——那是丁吾雍和笋、土豆、鲥鱼鳃、猪肉片一起炖出来的荷花姜，马上大声说："老板，这个真好吃！从来没吃过！这么好吃！"

丁吾雍说："你喜欢就好。"

那个女子问："这个叫什么？"

丁吾雍说："荷花姜。"

女子把筷子上的荷花姜转动着看，一边说："这么好看，到底是花还是菜？"

丁吾雍说："这个，不好说，是花，也是菜。"他把手里的金枪鱼中段切好了，加上一句，"明明是花，人把它当菜吃，它就是菜；明明是菜，你把它当花看，它就是花。"

一身黑灰色的男人深深地看了丁吾雍一眼。丁吾雍有点后悔自己话太多了。

那一眼，让丁吾雍想起了一句话"他的俊目一贯含有清莹的倦意"，木心这样说罗马的培德路尼阿斯。丁吾雍喜欢过木心，《哥伦比亚的倒影》《即兴判断》都读得很熟。

那个女子，丁吾雍后来在心里叫她荷花姜，不是因为她爱吃荷花姜，是因为她与荷花姜颇有几分神似：俏丽，鲜艳夺目，但不是"甜"那一路的，更不柔弱，相反从外表到质感到气味都是洗练明媚和动荡妖娆的奇异统一，具有一种容易引起争议的、特殊的刺激感。

但是这两个人罕见的般配。男子出色，女子也出色，而且男子像一个黑色的瓷碟子，托着荷花姜的尖、俏、艳，格外显出她的醒目，而荷花姜也反衬出他的不动声色和深不可测。

突然有一天，那个一身黑的男人不见了，荷花姜一个人来。

她一个人坐着，脸上的表情让丁吾雍知道今天那个男人不会出现。但是她的胃口还可以，和那个男人在的时候差不多，只是酒喝得多。她自己一个人喝，点的是烧酒黑雾岛。起初丁吾雍给她推荐过清酒出羽樱，她要喝烧酒，丁吾雍就推荐了白波和锻高谭，她一个嫌淡，一个嫌甜，最后选定了另一种——黑雾岛。每次都喝个半瓶左右，剩下的就存在这里，本来应该问她姓什么，但是丁吾雍当着她的面，写上了"姜"，他说："荷花姜的姜。"女人深深地看了丁吾雍一眼，眼光里似乎有遇上知己的感觉，又似乎第一次有了怨恨和委屈——在这里出没这么久了，连自己的姓名都不能公开。

每次吃完她都是自己走的。丁吾雍心想：以前他们两个都喝酒的时候，都是那个男人的司机开车吗，还是找人代驾？现在她一个人来，是另外有人接，还是干脆打车回家呢？

丁吾雍的好奇心仅止于此。因为这个城市里，盛产的就是男女间的各种相遇和离散，何况是这种女人遇到这种男人。女人越出色越不容易甘心，男人越出色越多顾忌，花落水流，无可奈何，那是一定的。但是，他们都是这个城市里的人，他们不会有太出格的举动，短则两个月，长则半年，个别死心眼的，也许一年？感情创伤是有期徒刑，刑期都不长，刑期一满，也就都过去了，释放了自己，新一季衣裳一着，换个发型，阳光下面，又是光鲜的、体面的、没有过去的城市栋梁了。

丁吾雍料错了。有一天，这女人出现，穿了一身黑色的吊带连衣裙，脸上没有化妆，素颜本来很好看，却偏偏突兀地涂了烈焰般的口红，让丁吾雍非常不习惯。当然，心情不好的女人，这个程度的反常才是正常。

她不坐平时的吧台角落，而是坐到吧台的中间，喝着喝着，对丁吾雍说："我请你喝一杯。"

丁吾雍不废话，递过去一个杯子，她给他倒上，丁吾雍喝了一口，似乎出于礼貌地说："吃得还可口吧？"

她抱歉地笑了一下："一直忘了说，你的手艺真好。"

丁吾雍说："谢谢。"

她看了看他，突然说："你也话少。"

丁吾雍微笑，等着她往下说。

没想到她不说，而是反过来提问："你怎么不问，他到哪儿去了？"

丁吾雍又喝了一口，他不知道该说什么，因为不知道对方是否愿意说，还有，酒醒之后会不会后悔。如果后悔，她就不会再来了，那样的话，这里就会失去一个喜欢荷花姜、长得也像荷花姜的客人。如果那样,他宁可她什么都不要说。况且,丁吾雍真的不算一个好奇的人,因为他相信太阳底下,真的没有新鲜事。

但是这一刻,这女人眼神里有某种东西,让丁吾雍突然觉得,自己可能太自信了。他的预感马上被证实了,她身子探过来,凑近了丁吾雍,用一种介于耳语和正常对话之间的音量说:"你不问,是因为你猜到了,对吗?"

丁吾雍只能含糊地点点头。

她说:"对,他不会再来了。"

她眼里碎玻璃一样凌乱而锋利的光芒,让丁吾雍确认:自己过于自信了,这件事,超出了他的想象。

她说:"对,他死了。"

说出这句话,荷花姜似乎用尽了力气,颓然坐回了吧椅,在这个半失控的过程中,她很哀伤很诚恳地说:"他死了。是我把他杀了。"

丁吾雍觉得整口烧酒突然卡在了喉咙里,而且像火一样烧了起来。这样的话,他本来以为只会在电影里听到,绝对不会和自己的生活、自己的店有任何关系。想当初,看见荷花姜和一身黑走进来的时候,他马上判断出了他们的关系,同时他也马上决定要长期欢迎他们,反正挣谁的钱不是钱呢？这种关系，在钱上总会格外大方的。加上客人养眼，不是福利吗？当然丁吾雍知道，短则一年，长则三年，他们一定会分开的，就像知道店里插花的蝴蝶兰可以开三星期，洋水仙一星期一样。但是丁吾雍没想到，有时候，还没到花谢的时候，半空中一个雷劈下来，连花带瓶震倒了，碎的碎，流的流。

丁吾雍觉得自己应该去报警，但是又没有把握自己一定会那么做。他不喜欢这种纠结，他只能希望那个女子不要再来了。那样，丁吾雍就不用纠结了。

可是荷花姜还是继续来，和原来的间隔差不多，就是一星期来一次。她还是坐吧台一角，总是继续喝她的黑雾岛，喝不完的存着，没有了就再来一瓶，菜交给丁吾雍安排。丁吾雍依然会按照她的喜好和时令，给她安排妥帖的三四个菜，她来者不拒，看着手机，一会儿看一下，一会儿写几句话，写的时候很专心，好像不是来吃饭喝酒，而是来写那些话的，写完了就把手机往旁边一丢，然后继续不紧不慢地吃喝着，有时候往门口看一眼，继续吃喝，吃喝完了，就自己走了，有一次走到门口，还会回头看一眼，好像奇怪身后的人怎么不跟上去似的。

身后哪里会有人？早就没有了。那一瞬间，丁吾雍感到在她的身后，是一大片空虚，空虚得连整个店和店里所有的人都不存在了。

那之后，她没有再和丁吾雍聊什么，似乎根本不记得曾经说过什么。丁吾雍怀疑她是酒醒之后忘记醉时一切的那种人。要不然她怎么敢继续出现在这里，还这么若无其事？难道在等丁吾雍下决心报案，好把她抓起来吗？丁吾雍又希望，那是她的醉后胡说，那个男人还活得好好的，这个女人只是这么说说出口恶气罢了。

可是，那个男人呢？丁吾雍也越来越不相信他还活得好好的了。

黄梅天了，有一天，荷花姜刚开始吃，雨下得大起来，下得都不像黄梅雨通常的那种慢脚雨，下成了瓢泼，下成了满城风雨、一世飘摇、充满末日感的那种阵仗。丁吾雍知道，这种天气特别容易喝醉，可能是湿度太大了，不利于酒气蒸发。果然，荷花姜喝着喝着，满脸红晕，一只手支着半边脸，眼神迷离。

丁吾雍破例说一句："差不多了，别再喝了。这个天气，你怎么回去？"

"我怎么回去？我回不去了。哪里都不是家，哪里都没有人等我回去,我怎么回去?我回哪里去啊?"

她大哭起来。

酒气蒸腾,水汽弥漫,整个店里充满了一个女人的哭声,那种哭声很可怕,虽然很响,但又很压抑,既像一个旧时代的乡下女人苦候多年却听到丈夫死讯,又像一个五六岁的孩子被困下水道里挣扎不出来、用最后一点能量来拼命完成的嚎啕。

丁吾雍心里一凉:那个男人,恐怕真的是死了。要报警吗?

晚上回到家,看见余清在灯下插花,洗过的头发还半湿的披在肩上,他心里一动,上去对她说:"简单一点结个婚,怎么样?"

见余清一脸不解,丁吾雍说:"好像觉得还是结婚比较好,你说呢?"

余清说:"你想和我结婚?"

丁吾雍说:"是啊。"

"让我想想。"余清说。

丁吾雍说:"你还要考虑啊。"

"有人求婚,然后自己考虑,这是待遇,总要享受一下吧。"余清说完,笑了起来。丁吾雍也笑了。

看见她的笑容，丁吾雍有一种说不出的感觉，好像是如释重负，好像是通过了一场原本担心通不过的考试，发现自己高估了考试的难度。多大的事？不就是结个婚吗？要弄得那么吓人，哪至于的。

第二天，荷花姜又出现了。才下午五点，店里还在准备。

她说："老板，今天不吃饭，我是来还你钱的。"

昨天晚上，她确实喝醉了，上了洗手间吐过之后，丁吾雍替她用打车软件叫了车，用店里的大伞送她上了车，谁都没顾上结账的事。

"下次来的时候顺便结就可以了，你还特地来。"丁吾雍说的是真心话。有的人，一看就知道是一辈子都不会赖账的。荷花姜，就是这种人。其实那个一身黑、眼睛里有清莹倦意的男人，也是这种人，只是不知道为什么欠了这个女子的。

荷花姜的脸看上去已经没有什么异样，要存了心仔细搜索，才能看出眼皮略略有点肿，脸色不如平时好，除此之外，依然是一个引人注目、打扮入时、举止得体、行动流畅的摩登女郎。上海的黄金乃至钻石地段有许多高级商务楼,而这些现代女郎的气场让人坚信她们有能力敲开其中的任何一扇门,在正南朝向,一尘不染,光线、温度和设备都无可挑剔的房间拥有一个任她自如挥洒的位置。

她们的妆容含蓄,皮肤白皙、五官精致、轮廓秀美、神情矜持而举止干练,在她们脸上,你看不到黑眼圈、细皱纹和斑斑点点,那些都在十分帖服的粉底霜下面;你更看不到哭泣、动怒、灰心、丧魂落魄的痕迹,那些都在她们心里,就像藏进了深海之中。女人心,海底针?说这话的人还是小看了女人。女人心,就是海本身。

"我要到外地去一段时间,接下来要几个月不来了,所以今天来一趟。"

丁吾雍马上想:太好了!

他从此不用见到这个女人了。如果她是真的出差,离开一段时间,可能会因为换了环境而想开,总之应该不会再来这个伤心地了。如果她是逃走,那也帮了丁吾雍的一个忙,那样,她就和丁吾雍一点关系都没有了,丁吾雍也不需要再纠结了。

她真的消失了。半年过去了。

偶尔,看到钵里的荷花姜,丁吾雍会微微有点出神,这么好看，怎么可能杀人？可是，锋芒毕露，又好像有点杀气。这样的女人，会是什么命运呢？空闲的时候，丁吾雍有时候会望着那两个位置。曾经坐在那里的那两个人，他们都在哪里呢？甚至，那个男人，还在这个世界上吗？从今以后，不可能再看到那样悦目的一对，出现在自己的店里了。不知道为什么，丁吾雍真心觉得遗憾。

到了年底，生意忙了起来，丁吾雍渐渐不再想起那两个人。

一天，七点的时候，正在忙碌的丁吾雍，看见当班领座的小茉莉带进来两个人。一个中年女人，风韵犹存，一身讲究得稍微有点过分的打扮，脸色倨傲中有几分阴郁。走近几步，她身后的人露了出来，竟然是那个男人，那个一身黑。

丁吾雍大吃一惊，以至于习惯性的"欢迎光临"都中途变了调门，小茉莉不无奇怪地看了他一眼。

这个男人没有死？他还好好的，那么就是他不要荷花姜了。荷花姜说的是气话。不要荷花姜，居然还带着自己的老婆到这里来？丁吾雍觉得自己错看了这个男人，谁知道是这样的人，完全不在道上。上海滩的餐厅酒家天上繁星似的，这个人带不同的女人，偏偏来同一家，胆子倒也不小。他就不怕这么多眼睛吗？

小茉莉直接把他们带进了包间，丁吾雍心里冷笑一声。等到小茉莉过来，丁吾雍问：那两个人谁说要进包间的？小茉莉说，他们预订的。有个男人打电话来，不知道是不是这个男的本人，说要一个小包间。

这就奇怪了。和情人倒光明磊落坐在外面，带老婆反而一定要躲进包间，什么年头？什么人？

丁吾雍亲自上菜。那两个人在交谈，但是不起劲，零零碎碎听到什么"学校""租房子""美金""同学"。丁吾雍实在猜不透这两个人在谈什么，而且感觉他们的关系，坐下来细看，也不那么像夫妻了，倒有几分像讨债的和欠钱的。

等到要上雪花和牛涮涮锅的时候，丁吾雍在大托盘里放上了一个青海波纹小碟子，里面是三枚盐渍荷花姜。盐渍过的荷花姜，娇艳的颜色暗淡了许多，但是转成了一种憔悴的风情，充满了欲言又止的过去。上桌的时候，男人看了一眼，说："我们点这个了吗？"丁吾雍说："这是送的。"一身黑看了一下荷花姜，然后看了丁吾雍一眼，丁吾雍接住了他的眼神，两个男人似乎完成了一次无声的对话。

丁吾雍还没出包房，就听见男人毫不避忌地说："钱我带来了。"他把一个厚实的信封交给女人,信封口是开着的,看颜色就知道是美金。又是现金,只用现金。这是个固执的人。

出了包房,丁吾雍转身拉上拉门的一瞬间,听见女人平淡地说:"明年一年的够了。"

什么够了?这个女人一年的开销吗?如果他们是夫妻,怎么会这样一年一次给钱?如果不是,又为什么要给钱呢?丁吾雍觉得自己脑子不够用了。

过了几壶酒的工夫,拉门开了,那个女人出来了,走了。谁都不知道她那个华丽的漆皮包里比来的时候多了什么。丁吾雍这时候明白他们为什么要进包房了。但是这一点点合理,像太少的水,不能熄灭他的好奇之火,反而让火更加熊熊燃烧起来了。

那个男人并没有跟出来,而是又叫了一瓶烧酒,开始自斟自饮。

一个小时以后,丁吾雍进去添茶。他心里好奇,但是丁吾雍是个在上海滩做了十几年生意的人,这种人,无论心里想什么,做出来,总归是合理的——至少有一个合理的解释。这时候进去,是餐馆的常规动作,就是以添茶的名义,看看客人是否要添主食,要咖啡,或者是否要埋单。

如果遇上客人酒足饭饱还想独自坐一会儿，就会添上热茶，然后不动声色地出去，让客人自己安静地剔牙、打饱嗝、发呆或者独自疗伤。平时这件事是服务员做的，今天既然是丁吾雍自己负责这个包房，那么，他可以让服务员来接手，也可以自己去。

此刻，丁吾雍拉开了门，进去添茶。

茶水注入茶杯中，细细的清香腾起。一身黑说："谢谢。今天你亲自照应。"

丁吾雍说："不客气。"他注意到男人有了酒意，脸红了，精神看上去和过去不同，没有那股有棱有角的气势了，但萎靡里透出轻松，显得真实。就说："今天吃得还可以吗？"

这个"还"用得妙。既表示委婉和分寸，也可以是"依旧""如常"的意思，加上"今天"这个提示，那就是在问：过去喜欢的口味，隔了一段时间，你觉得怎么样？重点是：有过去。

"很好。你这里的菜一直道地的。"

丁吾雍听见他用"一直"，居然是对过去的一切认账的口气，就说："说起来，您有一阵没来了。"

这话是试探，但也可进可退。

男人叹了一口气。丁吾雍不敢相信自己的耳朵，看向他，

荷花姜　　025

听见他说:"她,后来来过吗?"

这话包含的意思太多了,简直把丁吾雍当成哥们了。看来他今天是喝多了。丁吾雍一时不知道怎么回答好了,就点了点头。

男人又叹了一口气。"恨死我了,一个个,都恨死我。"男人用双手用力揉搓自己的脸,好像一个寒冷的清早,清洁工在马路上扫着落叶一样,既孤单又萧瑟。

一阵不可理喻的同情攫住了丁吾雍,丁吾雍马上提醒自己,正是这个男人,让那个女孩子那么伤心的,而且还毫不介意地和一个身份不明的女人又到这里来。

"你太太也很漂亮。"丁吾雍说,这话不知道怎么就突然蹦了出来。说了之后,发现这句故作莽撞的试探妙不可言。

男人抬头看了丁吾雍一眼,有点惊讶,有点迷茫,然后露出了一点笑容。"太太?哦,前妻。刚才那个,是前妻。"

丁吾雍不轻易放下戒备,"您后来又结婚了?"

"没有啊。活剥一层皮才离了婚,我怎么会再结?就二十年前结了一趟婚,生了一个女儿,烦到现在都烦不清楚,前妻的保险啊,房子啊,女儿的留学啊……我有几条命,再去结婚,再去生小孩?"

丁吾雍吃了一惊,暗暗有些羞愧,同时有更多的如释重负。他不说话,因为不知道说什么好。

"欸?"男人突然语气一挑,"怎么,难道你以为我有家庭,每趟和我一起来的是……情人?"

丁吾雍的脸有点火辣辣的。

男人笑了起来,"那是我的女朋友。我们都是单身,光明正大来往的。只不过我不想结婚,她想。"

丁吾雍说:"不结婚,就要结束?"

"给不了她想要的,就放人家走吧。"男人用手搓了搓脸。

丁吾雍说:"人家会觉得你是在寻借口。"

男人笑了起来。那笑容似乎在说:自然是这样。又似乎在说:随便吧。好像在说:我怕什么?又好像在说:哪有这么便宜?

丁吾雍端起茶壶转身的时候,男人突然说:"她后来一个人来喝酒的,对吗?"

丁吾雍叹了一口气,点点头。

男人说:"她……哭了吗?"

旧情

守在母亲的病房里，齐元元像一个进入总决战的战士。这场总决战，是大多数人都要经历的。就是父母得了重病——重到所有人都明白，不论这场病要延续多久，这都是这个人此生的最后一场病。为人子女的，要在巨大的惊恐、难以置信、接踵而来的打击和绵绵不绝的痛楚伤心委屈的夹攻之下，蒙头蒙脑地迅速武装起来，和战斗力已经所剩无几或者已经失去战斗力的亲人一起，面对一种力量无穷的秩序的无情碾压，顽强抵抗，不到最后一刻，绝不放弃。

是绝不放弃，而不是绝不言败。因为实际上，头脑清楚的人，从一开始就明白了这场战争是必败的。而且这场战争的残酷还在于：任凭进攻的力量攻城略地摧枯拉朽，防守一方浑身是伤、弹尽粮绝、精疲力竭，但是却不能投降——无处投降无从投降。因为死神不受降。战斗惨烈，投入所有的体力、财力，从幼儿园开始积累下来的所有人际关系，动用从高中同学开始直到现在单位的保安的所有人脉，但依然是必败的。明明谁都看出来是必败的，还必须一丝不苟地打到底，似乎对面那个巨大而看不见的敌人需要在抵抗者的奄奄一息和勉强抵抗中获得足够的快感，而注定战败的这一方，需要在这样残忍的过程中赢得一种失败者的尊严，或者无憾地撒手的机会。

对于独生子女来说，这场战役的可怕之处还在于：弹尽粮绝之际，不要说有援军，连一个由于血缘天然地可以和你百分之百同感、随时可以抱头痛哭的兄弟姐妹都没有。

如果已经结婚了，也许会好一些。齐元元想。第一次，齐元元怀疑自己没有及时把自己嫁掉，也许是错的。她没有想到，母亲会在她还没有结婚的时候就要离开她。确切地说，齐元元没有想清楚过，母亲会离开她。现在这件事突然像一个从高处吊钩上脱落的集装箱，从天而降，砸在了她面前，带来地震般的惊吓和惊恐，然后是不知所措。但是没有人理会她的不知所措，一张张病情通知书和化验报告就扔到了她的面前。齐元元相信，这个世界上，会有一些女孩子能够做到，在母亲这样的病情下，冷静地关闭部分感官，去处理去应对，但是，这个人应该不是她，她不是这样的人。但是，她发现当战斗突然打响，自己也只能拿起从来没摸过的武器，一边学习，一边迎敌，还要安慰母亲，感谢医生、护士，讨好护工、清洁工和开直达电梯的，没有时间去悲伤去自怜，就这样开始了战斗。起初以为是遭遇战，后来发现陷入胶着，然后就知道是必败的了，但是只能死撑到底。因为她只有母亲，母亲只有她。

父母在她刚上初中就离了婚，一年后父亲还另外有了新家，但是母亲一口气死死地撑住了，没有流过一滴眼泪。后来齐元元发现这似乎是上海女性的一大优点：平时看上去娇贵秀气，遇大关口却很能沉得住气。当她意识到这一点的时候，她自己身上似乎也继承了这一点。母亲从工作到生活到家庭氛围都稳住了阵脚，一个人带着齐元元，过得一点不比整条弄堂里的任何一家差，齐元元穿得比别人漂亮，他们家吃得也不比别人差。初中的时候，齐元元去别人家做功课，人家也到她家做功课，同学们对别人家的伙食，都是一清二楚的。十年，齐元元几乎没有受到任何困扰，和同学们来往也不避讳这个话题。

坐在她后面的男同学王诗雨问她："你多久见一次你爸爸？"

齐元元笑嘻嘻地说："大概一个月两趟。如果他出国或

旧情　　033

者出差,过期不补。你呢?"

"一星期一趟,太多了,有点烦。我爸爸假惺惺说他不放心我,我只好照顾照顾他情绪。你每趟是到你爸爸家里去还是在外面约会?"

"在外面。啥叫约会?你能不能换一个词?"

"在外面碰头啊——那个女人看到你不适意啊?"

齐元元知道,"那个女人"是指父亲新家的女主人,王诗雨这样说没有恶意,他对自己和齐元元名义上的继母都一视同仁,用"那个女人"来指代的。

"没有,一点都没有。"齐元元想了想,说,"她总是一副接待外宾,要热情周到、为国争光的样子,但是她再客气,我总觉得我爸爸还是有点腹背受敌,而且和不搭界的人应酬我也吃力的呀,所以就基本上外面碰头了,两个人吃一顿,有时候给我买点东西,反正我爸爸不缺钱,这样大家省点力气。"

"我不管,我不帮他们省力气。我一会儿要到他家吃饭,一会儿要到外面,折腾那个女人,谁叫她明知道我爸爸有家,还要和他勾搭的。"王诗雨先是咬牙切齿,后来自己也笑起来。

"你这个神经病。"

"我妈妈也说我十三点。她说没必要,她说:王诗雨,侬听听好,你爸爸这种男人,能力一般般,本来卖相还可以,后来挺起只肚皮,也不灵了,还要花插插,想想也蛮搞笑。他跟别的女人跑了,你妈妈赛过清理不良资产了,你不要再生他的气了。"

离婚已经不是什么大事情,父母一代都与时俱进想得开,起码做出想得开的样子,年轻一代当然普遍情绪稳定。

齐元元功课也还不错,考上了一个过得去的大学,留学,她和妈妈都不考虑,因为心里知道两个人不能分开,不然会带来人生大到不能估量的损失。那时候一个过得去的大学本科,就可以找一个不错的工作了,所以齐元元在花了半年的四处投简历之后,就找到了一家公司,没有怎么在招聘摊头上去挤得皮鞋上都是脚印。

那些世界五百强公司的招聘摊头,拥挤的程度,让他们想起了小时候挤过的公共汽车。但是后来,地铁多了,私家车多了,上海的公共汽车再也不像过去那么挤了。在招聘摊头,齐元元听到有人大呼:"卧槽!这样挤进去再挤出来,一个个就直接破处了!"齐元元闷在肚子里笑得抽了筋。

齐元元的第一个正式的男朋友是杜佳晋,他们是大学同学，一个学院，隔壁系的，大二的时候谈的。起初是杜佳晋追齐元元，齐元元觉得他看上去很舒服，脾气也很好，脸上经常有笑容，也是上海人，就开始谈了。齐元元不喜欢那种看上去很酷的男人，她觉得那种男人往往不是有缺陷，就是比较自恋，觉得自己是一大朵牡丹花，找女朋友是来当花泥的，齐元元不想自找苦吃。两个人谈恋爱了以后，齐元元觉得越来越喜欢杜佳晋，都忽略了杜佳晋的温度变化。后来，大四的时候，有人说杜佳晋和自己班上的一个女同学走得很近，还说那个女生是跳艺术体操的，身材非常迷人。齐元元追问，杜佳晋否认，但是对齐元元确实越来越淡，齐元元哭了，杜佳晋就哄，但是哄完继续心不在焉，也继续和那个跳艺术体操的女同学来往，齐元元的心思就淡了。最后在毕业之前，两个人约了去看电影，约的时候齐元元半是灰心半是试探地说："就当成最后一次约会吧。"杜佳晋居然说："好吧。"

又过了一两年，齐元元才听说，杜佳晋之所以没出校园就和她分手，是因为有一次和他母亲说起，说和这个女朋友已经谈了快三年了，引起杜母的注意，就问了一下齐元元的家庭情况，一听是单亲家庭，就坚决反对。杜佳晋在一次小范围的同学聚会上喝了酒，透露了这些内部情况，他还带着醉意说，本来他妈妈只说，不要找外地人，尤其是想通过婚姻留在上海的人，谁知道还有补充规定，真是好烦，有规定不一次性说清楚。别人说：你到底爱不爱人家呢？怎么老妈一反对就分手？你又不是妈宝男。杜佳晋说，一开始真的不算爱，只是有点喜欢，追求齐元元的原因是都上大学了，没有一个女朋友未免伤自尊，而齐元元看上去各方面还过得去，长得也是"农夫山泉有点甜"，校园里一起晃过来晃过去不丢脸。后来天天泡在一起，两个人谈得来，不再是交作业心态，想在工作之后继续谈下去，在家和父母经常提起，才引起了老妈的重视和反对。为什么要分手？一方面觉得大学里的恋爱，本来就不可能谈到民政局，毕业的时候正好可以做个分水岭；另一方面他知道他的母亲特别重视他这个独生子，温柔体贴里包含了控制倾向，所以就希望听话一次，在父母面前落个人情，让他们尤其是母亲在自己找工作的问题上，不过多干涉。等于是一个潜在的交易。

听到这些的晚上，齐元元独自到一个咖啡馆，坐在昏暗的角落，大哭了一场。和杜佳晋分手的时候，因为是第一个男朋友，而且实际上是对方提出来的分手，心里当然有些挫败、伤感、失落和困惑，但是马上就要毕业了，找工作，办离校手续，适应新环境，职场又是一个和学校完全不一样的天地，紧紧张张，忙忙碌碌，环境的巨大变化，吸引了人的注意力。加上同事里面也有对她献殷勤的人，所以似乎没有真切地失恋过，但是听到这些杜佳晋真心话的时候，她觉得自己很难过，难过得很扎实。悲伤，委屈，不甘，埋怨杜佳晋，又怀疑是自己魅力不够，今后恐怕也不容易遇到一个出色的男孩子。就是遇到了，似乎也很难想象他能看上自己。更何况，人家的母亲不知道又会不会挑剔单亲家庭这档子事呢？她边哭边想，可不能让妈妈知道，那样好像把她这么多年的努力都给抹煞了，可是，父母离婚，又不是她的责任，已经倒霉了，还要被人这样挑剔和嫌弃，真是凭什么呢？长到二十四岁，齐元元第一次觉得自己是不幸的，她哭了很久，最后，在她的眼泪汪汪的视线中，整个咖啡馆都浮动着一片紫色的凄凉。

然后也就过去了。生活在上海的人，其实都是不容易的。上海的太阳，每一天都会有点疲惫地沉入黄浦江的波涛里，然后第二天洗得干干净净，神神气气地升起来，照耀得江的两边一片华丽明亮。在这片土地上，当初的冒险家也好，外国人也好，贩夫走卒也好，升斗小民也罢，今天的坐办公室的也好，吃体力饭的也罢，高高在上发号施令的也好，成天没命狂奔的快递小哥也罢，都被那轮被水洗过的新太阳照耀着，也感到自己的面前是有奔头的。一时不知道奔头在哪里，也是有想头和盼头的。有时候，刚有点沮丧，外滩的钟声一响，传统的威斯敏斯特旋律也好，后来的整点钟声也罢，在滔滔不断的江水和见多识广的建筑之间盘旋，被钟声提携了的江声，在上海滩浩大地升起，人不由得腰就挺起来，手里的各式提包握紧，皮鞋、高跟鞋、运动鞋，脚下都加快了步子。说总是充满希望，也许过于主观而不准确，但上海人是皮实的，上海的"芯"是有韧劲的，所以上海这座城市，沧桑兴衰，海纳百川，总和"颓废"二字没有关系。

上海姑娘齐元元专心工作，一路走得很稳。因为学历不是很高，所以她很谦逊，因为是新人，所以她很肯学很乖巧，加上她空窗期，可以三百六十五天工作不分心，过年过节遇到同事和她换值班，她总是很爽快地帮忙。甚至有个女同事是自己一个人在上海，生病住院了，齐元元也会去探望，发现她没人陪夜，干脆留在那里陪夜，帮人家度过痛苦和狼狈的手术后第一个夜晚。这样一来，在不是懒就是娇就是傲的年轻人里面就变得很醒目。公司里年龄和背景不同，人多口杂，自然横看成岭侧成峰，大多数人都不能收获一致的评价，但是对齐元元，大家评价相当一致：小姑娘人好，做事靠谱，还不计较。曾经有个别老江湖发表不同意见："其实她门槛也蛮精的，你看进公司这几年，升也升了，收入也上去了，说她不计较，她可没吃亏。"当场好几个同事说："那是应该的呀。这年头，还能要求人家做活雷锋吗？""你今年春节帮我值班，我明年部门先进就投你一票，你肯吗？""你上次出国休假，她不是还帮你值过班吗？你现在这样讲她，以后我们怎么敢帮你呢？""你想说什么？人家一不是抱老板大腿，二不是和客户亲嘴，就是屏牢一口气死做，这种小姑娘就算做成我的上司，我也服气的！"上海人很少当面开销人，这样众口一词，对齐元元已经是很仗义了。齐元元听说了，笑了起来，很舒心，有一丝丝感激。

最开心的时候，是母女两个出去旅行。齐元元每年的休假，都是和妈妈一起度过的，妈妈收拾行李、打扫冰箱、关掉水电气总闸，她负责选择出行地、规划路线和订机票、车票和住处。她们总是选四星级或者"舒适"级别的公寓酒店和民宿，一般每天的房钱都控制在三四百块，火车选高铁，这样可以多一些享受美景的时间，但是只买二等席，这样又省下来不少钱。到了目的地，齐元元经常说，幸亏是母女，当然两个人住一间，又亲热又节约。母亲说：儿子和妈妈住一间也没什么吧。齐元元说：长大了，都工作了，还是有点怪怪的吧？！如果是一家三口，就应该来一套家庭房……然后停住了，有点抱歉地看看母亲，他们家从来没有三个人旅行过，在父母离婚之前也没有，为什么，齐元元一直想问，但是怕妈妈伤心，就没有问。

齐元元喜欢到处玩，只要是没有去过的、新鲜的、有特色的地方，她都喜欢。但母亲，只喜欢南方，她喜欢南方的太阳、海洋、河流、天空、气候，还有植物。母亲没有实现的人生理想是成为一个植物学家。听见这句话的时候，齐元元有轻微的惊讶，没想到：母亲也曾经是个有梦想的少女。母亲说：你的理想是当个画家，对吧？小时候，齐元元在少年宫学了一个暑假的素描，随口说过长大要当一个画家。其实，后来，她不再去想长远的事情，似乎也没有空洞的所谓梦想了，她的梦想就变成了一个个迫近而具体的目标：考上高中，考上大学，选专业，拿学分，争取奖学金，写论文，找工作，完成任务——不论是从容不迫还是不吃不睡连滚带爬，反正要完成。在她心里，经常有一个声音在说：齐元元，你一定行！事情完成了，那个声音会说：齐元元，好样的！

被母亲一问,她才觉得,她内心唯一真正的梦想是:要有美妙的爱情。要在对的时间,遇到对的人,她爱他,他也爱她,彼此非对方不可,能结婚最好,不能结婚也没关系,要那么整个人、整颗心投入进去,如胶似漆、丝丝入扣地谈一次恋爱。临死的时候躺在病床上回想起来可以了无遗憾地闭上眼睛。结婚不重要,恋爱重要。齐元元知道,这种想法就像要渡过宽阔的黄浦江面,不乘车过隧道,不走大桥,偏偏要自己站在一截竹子上,颤颤巍巍划过江一样,老土不说,又因为完全不切实际而显得格外搞笑。上海人都活得很明白,一要实际实在实惠,二要个面子,最怕活成个笑话,所以,齐元元的这个梦想有点说不出口。找个好工作也好,找个合适的对象结婚也罢,倒都是光明正大堂堂正正说得出口的好梦想,好就好在可能实现,而且听上去就是合情合理,相当靠谱。可是,要谈一场真正的恋爱,好像要在家里的金鱼缸养一条大鲸鱼一样,不合情合理,不靠谱了。

在医院里,也不都是脚不沾地,也有在母亲床前坐下来的时候。往往是母亲睡着了,齐元元坐着歇一会儿,积攒一点力气,好独自回家。这种时候,最不能回忆的就是母女一起旅行的情境,有一次想到在台湾两个人一起爬太鲁阁的情景，再看看现在躺在床上枯瘦焦黄的母亲，她的眼泪一下子涨满了眼眶。

幸亏钱不太成问题。母亲还没退休，大部分费用靠医保，单位也有重病补助，剩下自费的部分，齐元元的存款可以承担。父亲知道了母亲的情况后，来看望过一次，当着母亲的面，送了一大包进口奶粉和一些水果，齐元元感到轻微的失望：就这样？但送他出去的时候，他把一个厚厚的信封给了齐元元，说：先用，不够再说。齐元元说：爸爸，你能不能微信转给我？我在医院里付款方便。父亲说：微信……不是总有痕迹吗？她知道了会不高兴的。还是现金给你吧。齐元元就说好。虽然这个男人对母亲的情况看上去有点冷漠，虽然他给钱还要忌惮着现在的妻子，让齐元元觉得显得有点窝囊，但是他终究还是肯来一下，终究还是给了钱的。前妻病重，人到，钱到，这也不是每个男人都能做到的，已经把许多自私冷漠吝啬的男人比下去了。齐元元知道，虽然不能依靠，但是有个这样的父亲，还是比没有强，强很多。或者说，齐元元现在的心力，不足以怨恨父亲，所以她选择了感激和体谅，这样她的消耗才是最少的，这样她才能继续孤军奋战下去。

但是，齐元元放过了父亲，母亲却没有放过她，她突然提起了杜佳晋。说对他印象很好。齐元元大吃一惊，说："你只看了几张照片，哪来的印象？"母亲笑了。

原来母亲曾经好几次偷偷去了学校，埋伏在齐元元去食堂、教学楼的必经之路，不远不近地看过几次。她看到齐元元和杜佳晋走在一起。第一次看见，是在夜自修结束的时候。校园里的路灯，因为被过于茂盛的树枝树叶遮挡，有点不够明亮，但是作为母亲，她还是一眼就找到了齐元元，让她惊讶的是，她几乎不认识自己的女儿了。脸还是那张脸，个子还是那么高，但是女儿的笑容，是那么的舒畅和甜美，整个人闪闪发光，弥补了路灯的昏暗，照亮了她身边的男孩子。她努力地看杜佳晋，是一个身材高大、眉眼整齐的男孩子，头发很多，蓬松着，让人觉得他是每天洗头洗澡的，第一眼的感觉是松了一口气。但是他为什么不怎么转过脸来看齐元元？元元多么美啊，不但整个脸庞闪闪发光，像一朵燃烧的玫瑰，连她飘起来的头发丝都在闪光，擦肩而过，不断地有人在偷偷看她。不过齐元元一直在仰望他，在对他笑，是那种无限欢喜、别无所求的笑容。等到了女生寝室楼门口，齐元元和他拥抱了一下，然后进去了，这时候，母亲目不转睛地盯着杜佳晋，生怕他马上走开，但是他没有走开，而是站了一会儿了，然后仰头望四楼上的某个窗户。

母亲知道那是齐元元的寝室，那个窗口像个取景框，这时齐元元出现在那里，取景框正好到她齐胸，像一帧电影剧照，她笑着对他挥了挥手，他也笑着挥了挥手，等元元从那个取景框里消失了，才转身走开。母亲的眼眶热了，她觉得女儿有眼光，这个男孩子可靠，而且开始希望这两个人能一路走下去，直到建立一个家庭。如果女儿能有一个自己的家庭，而且幸福，那么母亲这辈子就算有了莫大的成就，或者说，在这个世界上最大的心事就放下了。

他们分手以后，母亲没有多问齐元元原因，齐元元知道她怕自己难过。现在谈这件事，不是因为现在就可以谈了，而是母亲觉得必须谈了。人生很多事情，如果没有截止期，其实人人都想拖着躲着不去碰它，幸亏有截止期，也可悲在有截止期。

母亲一开口，齐元元就知道，本来开通的母亲，终于不得不担忧自己的终身大事，因为怕自己一个人今后孤孤单单。于是齐元元老老实实地说了分手的经过，但后来听到的分手的原因，只说是他妈妈反对，没有说为什么反对。

母亲说："那孩子工作在上海吗？""在。""你们毕业五年了，他后来结婚了吗？""应该没有。如果结了，同学里总会有人知道。""他有女朋友了吗？"齐元元说："不知道。

和我没关系。"

母亲后来又找了个时间说:"元元,人还是要结婚的。"

"不一定。有的人是结不成,有的人是不想结。而且一个人,真的也没有什么不好的。"

"这是什么戆话?"齐元元正在给母亲揉手背上输液针头扎出来的瘀青,母亲笑着,用另一只自由活动的手打了一下她的手背。

齐元元看母亲心情还可以,趁机说:"真的。结婚,有两种情况,幸福的,不幸福的;不结婚,也有两种情况,幸福的,不幸福的。所以关键是,怎么让自己幸福,而不是怎么让自己可以结婚。"

母亲的目光闪了两下,没有说什么,似乎有些意外,又似乎是不同意,但一时找不到合适的反驳。

齐元元以为母亲就这样不会再谈论男朋友的事情,至少,不再谈论杜佳晋。但是她错了。

两次化疗的中间,会有一个比较舒服的阶段,精神和胃口都比较好,齐元元会给母亲做各种好吃的,这几年她已经学会独当一面,从买到洗切煮四菜一汤,一小时全部搞定。今天给母亲送来的是排骨猪肚瑶柱鹌鹑蛋汤——齐元元总说这是"家庭简化版佛跳墙",妈妈也很喜欢,母亲喝完"家庭简化版佛跳墙",擦了擦嘴,突然毫无征兆地说:"杜佳晋,那是个好孩子。当时我看到他站在你窗子下面,目送你进去,妈妈真的好感动……"

"我没说他不好,只是说他是过去式了。这样吧,以后我找男朋友,一定要他送我到楼底下,也目送我上去,好吗?"

"哪有那么容易?说找就找到了?"

齐元元说:"慢慢找呗。"

母亲白了她一眼。

又一次,母亲说:"元元,你一定要结婚的,记住了哦。"

齐元元说:"我没说不结婚啊。"

"你一点不起劲!"

"妈,我又不傻,干吗要起劲?我从生下来到大学毕业,读书苦得来要命,但是人总归要自立,要养活自己,这个没商量,我现在好不容易过上了幸福的生活,要是一结婚,马上要照顾老公、老公他们家的人,还要做家务,生孩子,明摆着要吃苦头,而且在公司里马上就被边缘化,成了拉家带口的阿姨妈妈,好惨的。这么明摆着的亏本生意,到底为什么要做?还要起劲?"齐元元故意嬉皮笑脸。

母亲说:"你看我,现在还有你,这样陪着我、照顾我,你将来也要老的,你老了,怎么办?"

齐元元张了张嘴，没有说什么。反驳的话都是现成的，但是她看到母亲的眼神，她就默默地把话咽了下去。

又一次，齐元元正在床头削苹果，母亲说："不懂你们年轻人。"

齐元元说："怎么啦？"

"明明两个人都单着，为什么不能回头再去见见面呢？"

"都分手了，还拉拉扯扯干什么？现在的人，对前任就是事过无悔、老死不见。"

"可是如今是陌生人社会，你们大学同学就算知根知底了，随便放掉了，到哪儿再找这么了解的人呢？"

"哟，你还知道陌生人社会啊？老妈威武！"齐元元半真半假地佩服。

"我收音机里听到的呀，说现代城市不同于村庄，都是陌生人社会。"

"你知道陌生人社会，那你知道低温青年吗？"

"现在的人体温低，都不到三十七度了，一般也就三十六度五左右。"

"哪是说这个呀？是说开心了不笑，难过了不哭，决不麻烦别人，也最怕别人麻烦自己，不喜欢和人来往，这种低温。"

"你不要和我玩名词解释。去和杜佳晋约了见见,说不定,人怕见面,说不定他也忘不了你,正好——"

"哎呀,妈妈,你满脑子浪漫,生活当中哪有这么简单的。"

"你懂什么?这件事想太多也不行的。人一辈子,生下来不能选,死不能选,当中自己能决定的最大的事情其实就是这件事。你这样浪费可能性,要年轻干什么?"

"和另一个人在一起,多麻烦啊。选错了更麻烦。"

"怕什么?经历过,就比空白强。什么低温青年?将来都要后悔的。"

齐元元被逼到墙角了。蜷缩在墙角的齐元元有点生气了:你猜也猜得到,是人家不要我的,好不容易忘得差不多了,你这么一次两次揭旧伤疤做什么?何况他嫌弃我的原因,就和你有关啊,你和我爸爸,想生我就生,生完了你们想离婚就离婚,你们知道对我的影响吗?我怕你伤心,一直不说,你还没完了,你生病也不能这样啊。这可是你逼我的,那我也没有办法了。齐元元就破釜沉舟了:"见面也没用。他妈妈挑剔,说我是单亲家庭长大的,说这样的女孩子坚决不能娶。"

"是杜佳晋这么想,还是他妈妈?"

旧　情　　**049**

"都一样，杜佳晋听他妈妈的。"

齐元元说完，就把目光转向窗外，过了片刻，看了看母亲，她有点发愣，似乎听到了一个奇怪的、很难理解的事情，但是没有生气，也不像伤心，默默了一会儿，开始用牙签吃起了齐元元切好的苹果片。平时这些苹果片都会是厚薄均匀的，今天的明显大小厚薄都不均匀，显然，齐元元心乱。

那天从医院出来，一个人回家的时候，齐元元破例用软件叫了一个出租车，车来了，她上了车，把沉重的头靠在座位靠背上。这种时候如果有个男人的厚实肩膀靠一下，当然再好不过，但是齐元元知道，为了那种短暂的幸福，之前之后，不知道要费多少心思、有多少麻烦。况且，关键时刻永远有个肩膀靠一下，也是水中月镜中花，在心力交瘁的时候，真不如一个叫车软件、一辆准时到达的出租车来得真实。

靠在靠背上，看着车窗外迷离掠过的灯光，心想：只有妈妈，把自己女儿当成天下少有的宝贝，在别人那里，算什么呢？不过是上海滩最普通的一个女孩子、小白领。杜佳晋的妈妈，根本就是看不上我们，过去说我是单亲家庭的，这个缺陷就已经改不掉了，现在要是知道妈妈才五十多就得了这个病，估计又要说了：家族遗传有问题，这种女孩子更不能要了。

这话当然绝对不能说，说了等于要妈妈的命。对妈妈不能说，又能对谁说呢？对谁也不能说。说了没有用，白白丢面子。

刚才自己是不是还是说过头了？也许，应该说自己不爱杜佳晋了？但，母亲一定会问为什么不爱？就说——杜佳晋花心了？母亲一定会追问：真的假的？他花心的对象是谁？齐元元怎么知道的？当时为什么不争取不挽回？还是没完没了。

齐元元想不动了，她的太阳穴直到两鬓发丛都一跳一跳地疼了起来，这是睡眠不足加精神压力导致的结果。

第一眼看到杜佳晋，齐元元没有反应过来。他在住院部的门口，齐元元都走过他的身边了，但是余光扫到了一张脸，一张似乎让她应该停住脚步的脸，就在她完全反应过来的前一秒，她听到了有人叫她："元元。"

杜佳晋。五年没有见过面了，他看上去有了不小的变化，过去像一荚青涩、微鼓的毛豆，如今已经是饱满、结实的黄豆了。

齐元元很意外，脱口而出："你怎么来了？"

杜佳晋的回答显然是想好了的："我来看看阿姨。也来看看你有没有什么需要我帮忙的。"

齐元元有点惊讶。这么多年，想起他，就像心里揣着一个气球，虽然气不是很足了，却仍然是鼓鼓的，堵在那里，现在这个气球的吹气口的线突然解开了，所有的气一下子从吹气口跑了出来，而且变成了一片温暖的雾气。

"你怎么知道我妈妈生病了？"

"从你的微博上知道的。"

齐元元一直不知道，杜佳晋是不是还关注自己，她以为永远不会得到答案，没想到答案突然就这样有了。原来一直没有联系自己的杜佳晋，一直关注了她的微博。好啊，他关上了门，然而并没有走远，而是扒在门缝上看着这个他离开的房间。

齐元元这几年每天都会更新一段微博，天气啊、衣服啊，午餐吃什么啊，路过的小店的橱窗啊、花坛里的花啊，看的展览、电影、话剧，遇到的奇怪的人和事情，猫儿狗儿……杜佳晋看着，起初有点生气，因为她似乎没有变得失魂落魄，看上去不像很在意自己的样子，渐渐就觉得挺好的，而且觉得莫名的安心，对她甚至有一种感激：谢谢她依然活得很好,谢谢她明显地流露出没有男朋友。判断一个女孩子有没有男朋友,其实很简单,看她朋友圈,或者看微博。虽然一样是打扮得漂漂亮亮的,背景是咖啡厅和餐厅,但是没有男朋友的女孩子往往照片上是几个女友一起扎堆出现,如果是单独的照片,就都是自拍的;旅行的时候,大多是风景,还有一些母女合影,所以偶尔一张齐元元单独的照片,也肯定是她妈妈拍的了。判断出这一点,杜佳晋暗暗松了一口气。

当齐元元的微博连续一个月出现"医院"的字眼和做菜煲汤、送菜送汤的内容,他知道齐元元的母亲病了,而且病得很重。因为齐元元再也没有关心过天空和花花草草,而是透着忙碌,透着无奈。直到昨天,当他看到齐元元写:"人生有些时刻真是无奈啊,被躺在病床上的母亲追问终身大事何时有着落就是一种。"

他想:不去看看她,不去帮帮她,自己大概这辈子都不会好过。

齐元元从他脸上读出他想帮忙的诚意,于是就说:"我妈妈一直对你印象很好。最近总和我说起你。"

"她没有见过我,怎么会有印象?"

齐元元就说了母亲偷偷去学校看他们的事情,还说了看到杜佳晋送她上楼,等在楼下,就认定杜佳晋特别靠谱。说着说着,忍不住要流泪,拼命忍住了,但声音还是有点异样。这时候才知道那些电视剧里一边笑一边流眼泪的女主角并不是在飙演技,人生真的有这种时刻,你忍不住想流眼泪,但你不能流,还必须笑着。

杜佳晋有点不好意思地笑了,"那不是依依不舍,我那时候被犯罪片吓破了胆,总怕万一有坏人就躲在楼梯口,我只能送到女生宿舍楼门口,总要看到你到寝室,我才放心。想象力过分发达,过分发达。"他眼圈也红了,这时候又自嘲地笑笑,脸上表情也很奇怪,但是也没有刻意掩饰,在自己人面前,也不要紧。

静了一会儿,杜佳晋递过来一个纸袋,齐元元一看,是一家著名的药房的,里面是一大盒虫草,大只大只的虫草,每一只都用红丝线固定着,整整齐齐地排成一个扇面。齐元元从来没有见过这么大、这么多的虫草,家里从来不会买这种贵死人的东西。

齐元元低头看着虫草,似乎是拿不定主意要不要收下,然后她抬起头,说:"虫草也救不了命。我只想让她开心一下,不如你去看看她,我们假装和好,你肯帮忙吗?"

杜佳晋心想:假装和好,这话好难听,难道我们就不可以真的和好吗？

齐元元看他没有马上回答，就说："你放心，今天演了这一场，不会再麻烦你，我就说你要出国一年，医生说她最多两个月了。"

杜佳晋说："不麻烦，我们去吧。"

齐元元的母亲一眼就认出了杜佳晋。她枯焦的脸上立即闪出了耀眼的笑容，就像漆黑的天空中绽放出烟花。齐元元一见，眼泪唰地流了下来。

杜佳晋本来不太自然，结果齐元元的母亲这一笑，齐元元这一哭，事情就简单了。而且是水到渠成，再自然不过了。

好孩子，你来了，我就知道你会来的。我们家元元那时候不懂事，我一直在骂她。可是她真的是好孩子啊，你不知道，她一直没有忘记你，所以这五年都不肯找男朋友呀，女孩子痴心啊。可是又不敢去找你，要面子啊，死腔啊。不过女孩子总归是女孩子呀，佳晋，你也能理解她的，是吧？

杜佳晋说：阿姨，不怪元元，都怪我。

你们和好了，对吗？

对的，阿姨。

我本来应该随你们再捉捉迷藏，可是我没有时间了。

旧情　055

杜佳晋说：我们不捉迷藏了。

母亲就喊：元元过来。

这时杜佳晋坐在母亲床边的唯一的椅子上，齐元元只好坐到母亲的床上，她一坐下，三个人就凑得非常近了。

母亲拉住他们两个人的各一只手，放在一起，说："我活了五十多年，看人的眼光肯定比你们好，佳晋，元元，你们真的特别合适，好好在一起，一定会幸福的。"

母亲的语气带着一股强烈的推力，齐元元有点惊慌，想把手抽出来，但是杜佳晋把她的手握住了。杜佳晋不看齐元元，自顾自对着病人说："阿姨，以前是我不成熟，总想着结婚还早，说不定会有更好的人出现，现在我知道了，人遇到真正喜欢的人是很难的，对方也喜欢我就更难了，我会珍惜元元的。"

"不光是现在珍惜。"

"我会一辈子珍惜的。"

"遇到别的女孩子很优秀很讨人喜欢，又看上你，你怎么办？"

"我选了元元，就是她了。"

"日子长了，难免吵吵架，她和你发脾气，女孩子最多就是嘴巴上凶，其实心都是软的，你要让让她。她没有父母，只有你了。"

"阿姨,您别这么说,您会出院的。不过,我会让着她的,因为我爱她,我要让她幸福。"

病人在枕头上用力地点头,一边笑着,一边眼泪溢出了眼眶。

齐元元一边流泪,一边有种荒诞的感觉,这种电影、电视剧里的场景,做梦也没想到有一天真的会在自己人生中上演。

而这个临时友情客串的杜佳晋,演得如此投入,效果如此之好,都是出乎意料的。到底还是个好人,到底还是念着一份旧情。别说,居然真的有几分援军到来的感觉。

告别的时候,杜佳晋将虫草塞进病人手中,病人拿着那个盒子,眼光依然停留在杜佳晋的脸上,一脸如释重负兼得偿所愿的笑容。齐元元觉得,自己今天做得真是再正确不过了。

把杜佳晋送到住院部门口,齐元元以一种"演出结束了"的轻松口气说:"今天谢谢你。"

杜佳晋还停留在某种情绪里。他刚刚劈头盖脑地体会到了一种"非你不可"的绝对信赖和神圣责任,长到二十七岁,这是第一次,因此他心不在焉地说:"不用客气。"

齐元元说:"改天请你吃饭,大家有空的时候。"

齐元元转身走了几步,杜佳晋叫她:"元元!"

齐元元站住了,没有马上转身,停了超过三秒钟,转身了,看着他。

杜佳晋走了过来,两个人面对面站着。好像起风了,风细细拂着齐元元的头发,刘海像花蕊一样轻轻颤动。

杜佳晋觉得有一句很重要的话,梗在胸口,很想说出来,一时似乎还不能明确是一句什么话,但是这句话,是他今天想对齐元元说出来的,对,是他想说的,而不是什么人逼迫他说的,或者出于什么道义应该说的,这句话很重要,此刻不说出来,以后就没有机会说了。

齐元元也觉得有一句话要说,不说出来,今后杜佳晋和自己都会有麻烦,麻烦还不小,杜佳晋帮了自己的大忙,不应该恩将仇报,不应该给他增添任何麻烦,包括心理负担。自己今后有很多事情要做,更不想增加一件要应付的。这一句话,她先想出来了,于是说了:"今天,就是为了哄我妈高兴的,你不会当真吧?"

杜佳晋不说话,盯着齐元元的眼睛,好像她在说一国他没有学过的外语,他完全听不懂,又好像在思考一个其他时空的难题。

齐元元突然感到心跳有点不规律,就在她平静下来的时候,听到对面的人说:"她都这样了,我们怎么可以骗她?"

齐元元觉得奇怪,也似乎有点生气:"不然呢?"

"当真呗。"

"怎么当真?你天天来演戏啊?"

"我们结婚。"

"开什么玩笑?这回你妈妈该说我们家遗传不好了。"

"我们家遗传也不行啊!"杜佳晋说,"我家的祖先都死了,而且他们没有一个活到一百二十岁。"

齐元元想笑,又觉得不妥,把笑意闪电般收了回去。

杜佳晋伸手揉揉她的刘海,说:"结婚吧。简单点,来得及。"

2020 年 12 月 16 日毕

2021 年 1 月 21 日改定

天使与下午茶

下午茶是什么？下午茶是短时旅行，是现实生活的离岛，是通风良好的密室。一个人喝下午茶是清静和喘息，两个人喝下午茶代表倾诉和倾听。

喝下午茶的人，他们在这里，但他们又不在这里，他们在短时旅行中，在离岛上，在密室里——以喝下午茶为名义，现实和日常被他们轻轻地脱了下来，那件带着匆忙、局促和烟火气的外套就留在了门口。谁不知道呢？在上海，钱易求，闲难得。因此喝下午茶的人，看上去，总是多了一些从容的贵气，或者无欲无求的仙气。

比如此刻在港湾酒店喝下午茶的两个女子：杜蔻和卢妙妙。

港湾酒店的讲究，和那些巴洛克、洛可可风格的华丽色彩和繁复线条的讲究不同，这里的一切是收着来的。收敛自然是张扬的反面，和装模作样也有区别：装模作样是本色并非如此，或者只有三四分偏要装出个八九分，而收敛是因为拥有得足够，反而不想刻意显露。收敛着流露出来的讲究，往往给人印象更深，因为这不是装扮成讲究的样子，也不是表面还算是讲究，而是：一眼看上去，这就是真正的、沉静的讲究，坐下来定睛细看，更多的细节蜂拥而至，支持你最初的判断。这个隐秘的过程，还真是令人愉快呢。那些第一次到港湾的客人，坐下来，一边用湿巾擦着手，一边环顾四周，然后发出不知是满意还是释然的一声叹息，就是这样的一个过程。

港湾的色调是和谐而雅致的，主色调是略带灰调的豆绿色和白色，正好用来衬托桌子上的来自丹麦的皇家哥本哈根或者来自芬兰的阿拉比亚花卉杯碟——春、夏、秋，这一带的街道上鲜花、绿树、各种商店的装饰足够鲜亮和热闹，所以皇家哥本哈根白底蓝纹的杯碟能让人更快静下心来，开始松弛地享受这里的一切；而到了冬天——上海著名阴冷的冬天，就真的必须用花卉图案来温暖眼眸和提振情绪了，而阿拉比亚花卉系列宝石般的色彩和毫不造作的艺术感，就是一个美妙的选择。虽然更大牌的英国货韦治伍德（Wedgwood）和日本的则武（NORITAKE）的花卉系列也美丽得无可挑剔，但是对上海人来说，前者太熟悉了，也太过著名，有时候也似乎不够让人放松；后者的产地太近了，"日本"两个字容易限制了想象，所以，芬兰更好，足够遥远，足够陌生，可以唤起更多的遐想。而且冬天比上海寒冷得多的芬兰，开在那里的鲜花也更加令人感动和唤起喜悦，所以，上海冬天的下午茶需要来自芬兰的阿拉比亚花卉系列。像港湾这样的五星级酒店，并不需要借"只用一个国家的一个名牌的器具"来吹嘘自己——许多事情，都是虚荣心把事情弄复杂的，没有虚荣心，事情就很简单。所以，港湾的下午茶就平心静气地用了两个国家的两个瓷器品牌，好就是好，为什么不呢？

保养得很好的刀叉，是银色的，用非常挺括的豆绿色餐巾包着，打开之后那柔和的光泽，会给餐桌增添一点点有身世感的奢华，但丝毫不影响总体的克制和含蓄。

当然，除了柔和雅致的色调，还需要合适的光线来衬托，这里的光线是令人愉快的，让人觉得眼前的世界是悦目而清新的，由于精准的设计和座位的摆放，灯光和阳光绝不可能对任何一个座位上的客人带来刺眼的麻烦，只会不动声色而非常友好地衬托来宾的服饰和女宾修饰过的妆容。这也符合"港湾"的本来意义：不需要挑动情绪，而只是令人安心，让人感到可以长长呼出一口气的那种松弛。对，在港湾，一切讲究都只是为了松弛。

杜蔻和卢妙妙，本来就只有两个闺蜜，没有男性和长辈在，到了这样的环境里，就格外松弛和自在了。二十几岁、长得不错的女孩子，用心打扮过了，自在而轻松，那就很好看了。

不要一说女性好看，就想到红玫瑰和白玫瑰。杜蔻的美还到不了红玫瑰那么浓烈和深邃，她更像一朵粉玫瑰，不过这朵粉玫瑰不是普通的温温吞吞的粉，而是一种叫"苏醒"的玫瑰，特别浓的艳桃粉，甜美得令人振奋、忍不住嘴角上扬的那种。而卢妙妙也不像纯白玫瑰那么绝对，她更像一种叫"小白兔"的白玫瑰，白色里面带着一些绝不突兀的淡黄色，花瓣像旋涡，旋涡中心还透出若有若无的粉红色，是一种有微妙的波动的白色。一朵红玫瑰和一朵白玫瑰，插在一起注定是不和谐的，但是一朵甜美的艳桃粉玫瑰和一朵有微妙变化的白玫瑰，她们在一起，就不但和谐，而且悦目，而且让两朵玫瑰都比原来更好看了。

当然，没有两个女子会真正相同。上海是中国女性最被厚待的城市，被厚待的人比较自我，比较舒展，上海的女子就更不会相同了，哪怕是闺蜜也是如此。谈得来，但两个人完全不一样。比如杜蔻和卢妙妙，她们经常一起到港湾来喝下午茶，说明她们都是单身，消费习惯也是合拍的，但一坐下来从口味到做派都不一样。

此刻杜蔻正一边把司康饼掰成两半，一边对卢妙妙说："你看这些司康饼，腰中间这样裂开来，看了特别有食欲。"

卢妙妙说："照下午茶的规矩，应该先吃最下面一层咸的，然后吃甜的，你这样吃不对。"

杜蔻说："规矩是那么说，可是司康饼是刚出炉的，热着才好吃，得优先吃呀。反正三明治什么的，都是凉的，我还是先热后凉吧。"她把抹好了港湾自制的草莓酱和康沃尔浓缩奶油的司康饼放进嘴里，然后闭上眼睛，露出了"人生至此，别无所求"的表情。

"你这么个吃法，还说要减肥。"卢妙妙说。

杜蔻转移话题："这杯子真是精致呀！你看杯沿这里的蓝色花纹，像蕾丝一样。"

也许是潜意识里都要准备嫁妆，年轻女性往往喜欢瓷器。她们两个人都很喜欢瓷器，都是杯子控。但卢妙妙最喜欢苏西·库珀的"黑色水果"，外面是黑色的图案，笔触纤细的苹果、桃子、葡萄，杯子内侧却满满的都是浓烈的颜色。杜蔻随和，对港湾的所有杯具都赞不绝口，但是她最最喜欢这里没有的皇家阿尔伯特的"老镇玫瑰"。卢妙妙笑她:"就是那种红黄粉三色玫瑰,还有金边的?好像有点通俗。"杜蔻说:"对呀,我喜欢。""苏西·库珀更艺术,有情节性。"杜蔻笑了起来,"我没想那么多,我就是喜欢彩色玫瑰加金边,看了直接让我开心的那种调调。""你这个傻白羊!"卢妙妙伸手过来把一点奶油抹到杜蔻鼻子上。

卢妙妙和杜蔻是大学同学,但是硕士阶段两个人不同学校也不同专业,杜蔻读了金融专业,然后就工作了,在公司里是很受重视的后起之秀,现在已经是财务总监了。卢妙妙在一所著名的大学读了文艺学专业,后来又考了博士。卢妙妙不怕考试和论文,而且她心气高,似乎不愿意仅仅找一个普通的工作就急急地进入大学以外的世界。她说:"我还没想好,自己适合什么。"当然,这首先是因为她家里不缺钱。虽说作为独生子女,父母早早就准备了将来结婚的房子不算稀罕,但是如果这套房子是步行就可以到复兴公园和淮海路的地段,加上是面积绝不局促的二室二厅加阳台,那还是会令人惊叹和艳羡的。卢妙妙大学毕业的时候,就已经拥有了这样一套房子。当然,现在她和父母住,那套属于她的房子租出去了,每个月的房租供卢妙妙一个人开销,这样一来,她比许多同龄人都阔绰。

如果说杜蔻是因为长得好和工作好而有资格挺胸抬头的话,卢妙妙的家世好就成了她的最大加分项,加上她也长得不错,所以她甚至都不需要好工作和男朋友来支撑自信。杜蔻的心是定的,卢妙妙的心是更定的——绝大多数上海人会想:这小姑娘,命好。别人要奋斗一辈子的房子,她还没工作就已经有了。如果说,人生真的有起跑线的话,生在这样的家庭,才是赢在起跑线上吧。

八卦是下午茶不能缺少的,比奶和糖更不可缺少。

"告诉你呀,黄教授已经向妻子提出离婚,而且搬到了自己的办公室里住了。"卢妙妙说。

黄教授是她的博士导师,和比卢妙妙高一级的师姐传出绯闻。

杜蔻问:"哇,劲爆。是因为你师姐吗?"

卢妙妙说:"不清楚。"

杜蔻问:"你师姐那边有什么动静?"

"看不出。你以为人人都像你,心里藏不住事情,都挂脸上啊?"

"这个教授应该不缺钱啊,为什么要住办公室,不另外租房子住?"

卢妙妙说:"我起初也不明白,后来想,大概是为了避嫌。"

"避什么嫌?"

"他在外面租房子住,人家容易怀疑他确实另结新欢,对他的个人形象不利,对离婚分割财产也不利,现在住在走廊上二十四小时有摄像监控的办公室,可以自证清白。"

"哇,不愧是教授,这头脑!"杜蔻说。

又啜了一口杯子中的"非洲甘露"红茶,杜蔻说:"如果他真是为了你师姐,那还真是挺感人的。"

"什么感人?也许就是一个男人到了五十岁,在婚姻里闷得快死了,自我拯救的一次挣扎吧?即使有一个女人出现,也不过是被他拉来当挡箭牌的。你不会相信这是什么爱情吧。"

卢妙妙的双唇拉出发"喊"的形状,但并没有把这个表示不屑的音发出来。

杜蔻的兴趣很快转移了:"唉,你说,到底有没有爱情这回事啊?那天我看到一句话,说,爱情就像传说中的鬼魂,大家都在传,但其实大家都没遇见过。"

卢妙妙停了一会儿,开始端详眼前的皇家哥本哈根,欣赏了一会儿上面纤细而清爽的蓝色纹样,然后她连碟子一起端起来,稳稳地拿起杯子,喝了一口她选的红茶,然后说:"那要看你怎么定义爱情了。"

今天她选了"迪尔玛爱之跃",却没有感觉到比平时常喝的大吉岭好。其实港湾的侍者每次臂弯上托着分成五个格子的透明小抽屉让她们选红茶,她总是说不出到底更喜欢哪一款,她一纠结,就总是杜蔻先选,然后她就在其他四款里面选一款——她不甘心和杜蔻选同一种。她想下一次应该自己先选,这样就可以在五款里面任意选择了。可到了下一次,她刚在思考,杜蔻就随便点了一款,于是又被杜蔻抢了先。跨年的那次,她终于先开了口,点了杜蔻上次点的TGW圣诞红茶,谁知道杜蔻居然满脸笑容地对侍者说:"托马斯,请你给我推荐一款。"而那个制服笔挺的侍者,因为杜蔻叫出了他的名字,也用明显超出职业需要的灿烂笑容回答她:"您要不要试试这款约克郡金牌红茶?有很好的麦芽香,建议您调成奶茶来喝。"

那杯加了温热牛奶的约克郡金牌红茶,杜蔻喝了一口就一脸惊喜,特地把托马斯叫过来,说:"真的特别好喝!谢谢你呀,托马斯!"再说下大天来,也就是一杯奶茶,杜蔻的反应也是够夸张的。卢妙妙觉得杜蔻这样做,有点哗众取宠,也许还包含了对自己的巧妙反击。她还觉得这里的侍者们似乎都对杜蔻更殷勤,杜蔻也享受得理所当然。

是因为杜蔻更漂亮吗？但是也找不到明显的证据，有时候，侍者过来添茶，又是先给卢妙妙斟，而杜蔻在一旁依然是兴高采烈的。这时候，连卢妙妙自己也觉得杜蔻是没有心眼的，而这个叫卢妙妙的女孩子多心了。

性格也许真的和星座有关系。杜蔻是三月底出生的，是白羊座，白羊座就是比较没心眼，性子急，说好听是单纯而干脆，说得不好听就是冒失幼稚。而卢妙妙是五月下旬，是双子座，说得好听是聪明过人、智慧和感性并重，说得不好听呢，就是——双重人格。

她们两个同岁，都是二十七岁，马上要迎来二十八周岁的生日。对大多数女性而言，对年龄所代表的时间和机会的流逝，总是敏感的。连一向嘻嘻哈哈的杜蔻和气定神闲的卢妙妙，也不能完全例外。

有一种说法，所谓的妙龄女郎，就是十八岁到二十八岁这十年。可是，身在其中的人，感受就不太一样。学业的压力，即使进了大学也没有缓解太多，况且还要考研究生，所以十八岁到二十二岁，仍然是辛苦读书的日子，然后就算一口气不歇就读研，三年后毕业，也已经二十五岁了。如果工作，二十七岁时基本上刚刚站稳脚跟，如果读博士，则还没有毕业，还在写折磨人的毕业论文……所谓的人生，好像都还没有真正开始，却突然就被宣布：最好的时间即将过去。这太突然了，而且也太不公平了。

最郁闷的是，在人们绝对合理的想象里，会像一阵雨一样，自然而然从天而降的男朋友，没有出现。根本没有。天空非常晴朗，连朵云都没有。

居然马上就二十八岁了。

上海的冬天和早春是难熬的，难熬得很著名。江南无孔不入的阴湿使温度计上并不惊人的气温变得很冷，冷得很深刻，只要在室外，整个人就像浸在冷水里，潮湿的寒意钻入毛孔、肌肤和骨缝。那确实是不好受，尤其是对苗条清瘦、腰肢像柳条儿一样的女郎们。在这种天气里，港湾是杜蔻她们名副其实的温暖的港湾，外面令人膝盖发酸、头皮发麻的阴冷潮湿，对比之下，这里的温暖和舒适让她们感受到每一个毛孔都打开、每一丝头发都顺滑。现在，港湾酒店的门童和服务生大部分都和她们认识了。

与阴冷潮湿的拖沓不同，上海春天的到来是有点戏剧化的。每一年的三月中下旬，总会有那么两三天，突然就有了"春天来了！"的感觉：天空好像被擦拭过的淡蓝色玻璃，在玻璃那边，好像有无数天使在飞翔在笑，无数的铃铛在摇响，笑声、铃铛声和阳光一起从白色云朵的边缘滑落下来，唤醒了人们的五感，突然发现花都开了：迎春、连翘、郁金香、垂丝海棠、李花、梨花、杏花、樱花、碧桃、紫叶李、美人梅……人们打招呼和寒暄的内容也变了："今朝暖热来！""就是呀，花都开了！""门口头的樱花看到了吗？""看到了，从楼上看下去还要好看！"冬天的单一和寒冷一扫而空，整个界面唰地一下子切换，南风、暖阳、绿叶、鲜花，有些突如其来的，以至于人们惊讶得忘记了这是在过去的几个月中一直盼望着的变化。

杜蔻的生日是3月28日，那天恰好就是这样的好天气。她们两个人心情都很好。杜蔻从公司里调休了一天，卢妙妙已经是写论文阶段，也没有课，就十点半去了鼎泰丰吃小笼包，然后去逛街，随便买了一些化妆品——她们大部分日用品都会网购，唯有化妆品还是到丝芙兰或者百货公司的一楼买，然后到港湾喝下午茶。到了港湾坐下来，卢妙妙才拿出送给杜蔻的礼物：一条玫瑰金白贝母的四叶草锁骨链，四叶草是代表幸运的。杜蔻兴奋地马上挂上了，说："太喜欢了！妙妙，你要是男的，我就嫁给你！今天我请客！"除了惯常的下午茶，她还坚持要了两份蛋糕，一份黑森林给卢妙妙，一份重乳酪给自己。平时杜蔻很少吃蛋糕，要控制体重，不像绝对轻盈的卢妙妙，还经常吃甜品，但今天过生日，自然要放任一下。

她们碰了一下茶杯，"蔻蔻，生日快乐！你有什么心愿？"杜蔻说："我希望，父母身体健康，我自己工作顺利。""感情呢？"杜蔻笑了："这事想了没用。"卢妙妙说："想想也不收税呀。"杜蔻想了几分钟，说："我不想谈很多次恋爱，太折腾，我希望有个对的人突然出现在我面前，终身大事一下子搞定，三十岁以前生个小孩子，然后两个人恩爱一辈子。"卢妙妙说："你！"两个人都笑了。

杜蔻非常享受地吃完了现做的重乳酪蛋糕，连碟子里的蛋糕渣都费力地用小勺刮起来吃掉了。卢妙妙说："看你这个样子真可怜，我眼泪都要流下来了。再叫一块来吧。"杜蔻说："那不行！吃完这么一块，已经有点负罪感了。对了，我要到外面花园里走走，消化一下。不然，不等生日过完，我就胖两斤了。"卢妙妙笑着说："你去吧。顺便看看，说不定那个对的人就在门口等着你呢。"杜蔻说："说不定哦，你等我一会儿，我去走个十分钟。"她笑着把餐巾往椅子上一放，就出去了。

港湾的正门由中间的旋转门和一左一右两个拉门组成。一左一右的两个拉门里侧，各站一个门童。中间那个旋转门,是古董,据说有将近一百年的历史。现在这个古董门也不仅仅在审美层面上增添复古感觉,实用层面也还有意义:需要处处和别人保持肢体距离和不愿意应对门童的问候的人可以从那里进出。今天的门童有一个是认识的,他叫布拉德,杜蔻往他这侧的门走,布拉德笑着打招呼说:"杜小姐,下午好!"因为是熟人,杜蔻实话实说:"刚吃了一块蛋糕,我出去走一圈,消消食,再回来喝茶。"布拉德拉开门,笑道:"请。"杜蔻在花园里边赏花边散步了一会儿,重新进门的时候,布拉德说:"这么好的天气,最适合散步。"这本来是一句职业性的寒暄,可是刚被春光熏染的杜蔻认真起来了:"这种天气,最适合的,不是散步,是谈恋爱。呜,除了谈恋爱,干什么都是浪费时间!"这时中间的旋转门里,与杜蔻同步地转进来了一个男人,穿着一件白衬衫、小麦肤色的男人。因为杜蔻面朝着布拉德,所以他走过去,又回头看了一眼,看到了杜蔻的一半是陶醉一半是惆怅的脸,眼睛里有笑意一闪而过。而杜蔻,自顾自往前走,没有注意到他。

  杜蔻回到座位,卢妙妙问:"碰到帅哥了吗?"杜蔻笑了起来:"理想可以照进现实,童话不会在日常生活中上演。"卢妙妙说:"谁说童话啦?就是想遇到一个帅的,纯粹看了高兴高兴。"杜蔻说："你别说，布拉德就挺帅的。港湾的人都挺帅的。"

仿佛为了证明杜蔻的话，这时候大堂领班向她们走过来，他身高一米八以上，一双黑白分明的眼睛，合身的制服衬出了他的宽肩和胸肌，他以经过职业训练的英挺姿态走到她们面前，先含笑说一声："两位，打扰一下"，然后以更深一点的笑意转向杜蔻："这位女士，有人让我把这盒巧克力转交给您。"杜蔻和卢妙妙这时候才注意到，他手里拿了一个有蝴蝶结的小盒。杜蔻和卢妙妙都露出了奇怪的表情。杜蔻说："您认错人了吧？""不，那位先生说的就是您——穿白色连衣裙、长直发、刚才出去过的年轻女士。"领班一边说，一边用眼光在杜蔻身上逐项确认。杜蔻和卢妙妙领会了他的淡幽默，都笑了起来。杜蔻说："是吗？那好，谢谢啊。"她接过来，看见盒子上有一张即时贴，上面写着："春天快乐！一个陌生人。"卢妙妙问："这个陌生人是谁啊？"领班的脸上露出了"你提了一个很好的问题，但是我无可奉告"的微笑。

杜蔻起身去问布拉德。布拉德说："就是刚才在门口你碰见的那个，穿白衬衫的，我不知道你有没有看见。他是我们的住店客人，他刚才从外面回来，正好遇见了你。"杜蔻说："你确定他是送给我的？"布拉德说："是的，喏，他就在那边买了这盒歌蒂梵巧克力，交给了我，我走不开，让领班给你送过去的，是我在咖啡厅外面把你的位置指给领班的。""他为什么送我巧克力？"布拉德笑了，说："你自己问问他？"杜蔻说："怎么问得到？"布拉德说："他是新加坡人，华裔。每次来上海，都住我们酒店，他对人都很 nice 的，我都有他微信。"杜蔻说："要不，我加一下他的微信，谢谢人家一声？哦，是不是不太方便？你也不好去问他的吧？"布拉德看着手机，微笑起来："方便的。他回复我了，加微信没问题。"

　　杜蔻回到座位，卢妙妙说："去了那么久，问清楚了吗？"杜蔻说："是我刚才在门口碰见的一个人，我正在加他微信，啊，加上了！我该说什么？"卢妙妙说："你干吗这么紧张？"杜蔻有点不好意思地笑了："我没见过世面，没有遇到过陌生人给我送巧克力呀，而且正好是我的生日，就有点奇迹出现的感觉，我有点小激动。"

　　卢妙妙心想：说谁没有见过世面？陌生人送巧克力，我也没有遇到过呀。

　　杜蔻一边在手机上按键一边念出来："巧克力收到了，谢谢您。"

卢妙妙漫不经心地："他说什么？"

"他说：不用客气。"

卢妙妙说："问问他为什么送你巧克力。"

杜蔻说："我也想知道。"

一分钟以后，杜蔻看着手机，眼睛亮了："他回答：就是给彼此增添一点春天的快乐。妙妙，你说这人怎么这么有意思？！"

卢妙妙捧场地笑了一下，但是她知道杜蔻根本没有注意到。

过了一会儿，杜蔻的表情暗了下来。卢妙妙还没问，她自己说："我大概说错话了，我想知道他是什么样子的，就和他说：要不要见个面，认识一下？然后他就不回答了。其实我就是想证实在我生日送我巧克力的是一个帅哥，我没什么意思，但是把他吓着了，呜呜呜，我真是个傻白羊！"

卢妙妙说："不是我说你，都二十八岁了，从今以后，也要矜持一点，成熟一点了。"

杜蔻说："你再给我一点时间呀！我是白羊座嘛。不过，我怎么觉得，对你来说，人生就是一场漫长的考试，所以你早早就放弃幻想，全力备战？"

卢妙妙说："那你觉得人生是什么？"

杜蔻说："我觉得，嗯，我想想怎么说哦，人生……是旅行吧。会遇到各种天气，各种不同的旅伴，各种美妙的风景，还有很多想不到的事情。"

她边说边把巧克力拆开了，是非常精致的金色方形盒子，打开一看，只有九颗，一颗一款，形状和颜色各不相同，看上去很是诱人。杜蔻把盒子递过来："来一颗？"卢妙妙说："不吃了，吃过蛋糕，再吃巧克力，晚上就得跑步了，我才懒得跑。"杜蔻就把巧克力放在一边，刚才的插曲似乎就过去了，两个人继续享用下午茶。

茶壶又续了两次水之后，杜蔻看了一眼手机，突然站了起来，说："你等我一小会儿，我走开一下。"

不到十分钟，她回来了，脸有点泛红，眼睛特别闪亮，不知为什么呼吸有点不均匀。卢妙妙问："干吗去了？"

"他刚才回复我了，我到那边的FENDI专卖店门口，和他见了一下。"

"啊？你居然真的和他见面了？你真胆大。"

"不知道为什么，就是想看一眼。"

"那么你看到了，他什么样子？"

"挺年轻的，长得浓眉大眼的，皮肤有点深，就是那种小麦色的，大概三十五六岁，中文很流利，说话有一点福建或者广东口音。对了,他穿了一件白衬衫,特别合身,一看就是私人定制的。"杜蔻本来想说:"挺帅的。"但是怕卢妙妙嘲笑,就忍住了。

卢妙妙脸上和语气里都是怀疑:"那,他是干什么的?"

杜蔻看着手里的名片说:"我们交换了名片的。他说他们公司什么都做,这上面写的头衔……他是总监。"

卢妙妙说:"总监?这年头总监就是打酱油的。一个公司里面负责吸尘倒垃圾的,都可以叫内务总监;厨房做菜的可以叫膳食总监。"

"可是他看上去不像打酱油的人,而且他看上去特别可信,态度也很自然。他说前面他加完微信以后就午睡了,所以没有及时回复我的微信。你看,他都没有想要和我认识,那盒巧克力真的就是毫无目的、随便送送的。"

卢妙妙心想:这种欲擒故纵的小伎俩,现在还有人用吗?不想认识你,干吗送巧克力啊?

杜蔻仿佛知道她在想什么,说:"一眼看上去,他就给人一种很诚实的感觉,像出身好人家,从小没有撒过一句谎的那种人。然后我就对他说:今天正好是我生日,意外的礼物让我很开心。他说:这多好。我说:所以我要当面谢谢你。你猜他说什么?"

卢妙妙说："还能说什么？'不用谢'呗。"

杜蔻笑了，"我也以为他会这样说，但是人家说的是：'何足挂齿'。"

卢妙妙说："你脸红什么？"

杜蔻说："不知道怎么回事，他这样说的时候，那个笑容，那个样子，特别好看，我突然觉得有点心跳，膝盖都发软了，我就赶快逃回来了。"

"你没见过男人啊？"这句话卢妙妙忍不住，说了出来。

"真的好奇怪，刚才我的感觉，就像从来没有见过男人一样。"

有一片安静突然降临。好一阵子，两个人都没有再说什么，似乎更专心地喝起茶来了。

港湾毕竟是港湾，一切都是对的，下午茶也经得起挑剔。天气暖和了，她们眼前的杯碟马上换成了皇家哥本哈根的"蓝元素"系列，说不出的细致、宁静和纯粹。

今天杜蔻请客，所以她做主，在任选的五种红茶和五种咖啡之外，另外付钱点了TWG生日快乐茶，"两个人都喝这个！生日嘛！"杜蔻说。这种红茶加了很浓的甜红莓和香草香，香得很甜蜜很直白，有几分像杜蔻的模样和性格。卢妙妙觉得这样加香的红茶不太自然，尤其到了现在，它的回味，令卢妙妙轻微地打了一个寒战。

卢妙妙没有想到，一个月以后，这个人会再次出现在她们的谈话中，而且开始有名有姓。他叫言家和。

"你们还真的来往了？不会吧？！"

杜蔻没有接住卢妙妙语气里的质疑和不理解，说："就是就是，我也完全没想到呀！那天晚上，我在公司开会，七点了，我也没吃饭，饿着呢。突然他在微信里冒出来，说他在上海，问我有没有时间一起吃晚饭？我吓了一跳，哪有这种当天约人的？就问他明天行不行？他说明天要去杭州，只有今天晚上有空。我就说我在开会，还不知道什么时候结束。他就说：那你忙，下次吧。我想：那也没办法，是你自己当天抓人，吃不成也不能怪我。可是，几分钟以后，我突然想起了上次他因为午睡没及时回我微信的事情，我不想让他有误会，就又对他说：我应该略尽地主之谊，但我现在在开会，如果他能等我的话，那么我可以请他吃饭。反正我也还没有吃晚饭呢。"

"你这样子……不尴不尬的，有点傻。"卢妙妙说。

杜蔻说："我也觉得有点尴尬，但是他说：如果我请，他等到几点都乐意。还马上加上一句：你安心开会，不要分心。"

"然后你们几点吃上饭的？"

"有点惨，九点。"

"吃了什么？"

"他想吃上海菜，我本来想在环茂的老吉士请他的，老吉士的菜我们吃过的，味道赞的，对吧，但是老吉士九点就打烊了。我只好在南昌路找了一家小餐厅请他，我也知道那种地方环境不够好的，但是只有这种餐厅会营业到十一点。"杜蔻说。

"第一次约会开心吗？"卢妙妙的表情里有一种控制着的东西，像是鄙视，又像是好奇。

"瞎讲有啥讲头？什么约会啊！两个人都饿了，吃了好多东西，可能是因为饿了，觉得小店的味道也很不错，都没怎么顾上多说话。吃完都十点半了，就在餐厅门口各奔东西。"

那顿饭确实不像约会，两个人都有点疲惫，而且都真的饿了，但是反倒挺放松的，两个人都认真地大吃，结果完全不像两个并不熟悉的人第一次一起吃饭，倒像是认识了很多年似的。埋单的时候，杜蔻以为言家和会客气一下，他居然没有，而是说："谢谢你。这顿饭真的很开心。"说得很认真,于是杜蔻也说:"我也很开心。是我这几年吃得最多的一顿。"他笑了:"我也是。就像是好不容易有人请吃饭,就不顾仪态,吃得特别多。"杜蔻被他逗得哈哈大笑。分别的时候,他坚持让杜蔻先上车,然后说:"今天还有事情,不能送你了,到家了发个微信给我,报个平安。"从后窗看过去,杜蔻看见他用手机对着车尾拍了一张照片,大概是为了记下车牌号。她报平安的时候,他秒回:"好好,放心了。"杜蔻回了一个笑脸,他又秒回:"下次我一定送你回家。晚安。"杜蔻心想:这个人身上有一种混合了自信和诚恳的感觉,他知道只要他愿意,就一定有下次,但是他也直截了当地表现出诚意:愿意在下次付出更多、做得更好。看到"下次"和"一定",杜蔻心里泛上来足量的安心和淡淡的甜,而且是不需要琢磨更不会失眠的那种安心,所以她洗漱以后很快就睡着了。

就这样过了半年,言家和每个月来一次上海,每次都会和杜蔻约着一起吃饭、喝茶。现在杜蔻知道了,他和杜蔻一样,都更喜欢喝茶而不是咖啡,虽然杜蔻喜欢红茶,但是喝了言家和推荐的武夷岩茶,也觉得非常好喝。

杜蔻已经开口闭口"家和"了,卢妙妙说:"叫得这么亲热啊?"杜蔻说:"这事儿挺复杂。我们先喝几口茶,我慢慢说给你听。"

因为言家和叫她"杜小姐",所以杜蔻本来是叫他"言先生"的,可是言家和说他没有那么德高望重,不敢当;然后杜蔻就说,要不按照现在"满大街都是老师"的通行叫法,叫他言老师?言家和马上说他不能理解这种对"老师"的滥用,他不是杜蔻的老师。杜蔻说那怎么叫?言家和说:起名字就是让人叫的,请对我直呼其名。杜蔻说好呀,我们上海人其实朋友啊同学啊都是连名带姓叫的。杜蔻就叫他言家和,可是他又抗议道:"我爷爷说,不可以连名带姓叫人家,那样太不客气了,只有在骂人甚至打架的时候才那样叫——某某某,你不是个东西!看我打死你!"他们一起哈哈大笑,笑完了以后,杜蔻就只能叫他"家和"了。杜蔻第一次叫了以后,笑着说:"家和万事兴,你爷爷一定是这个意思。"

言家和笑着说:也许是朴素的心愿更会实现,言家确实和睦,也确实兴旺。言家和所在的公司是他们的家族企业,他爷爷是个华侨,从一家街边小吃店起家,开创了这家公司,起初主要做调味品和药材,后来也做医疗器械、IT 和珠宝,现在的董事长是他父亲,一个大家叫他"言先生"的人。言家和本人,生在新加坡长在新加坡,有一个姐姐,已经结婚，嫁给一个美籍华人，生了二男二女四个孩子，现在是专业主妇。还有一个妹妹，正在英国留学，读艺术史的硕士。所以，他是这个家里唯一的儿子。另外，可能是热带的气候关系吧，他的实际年龄比看上去的要小一些，他才三十一岁。当然，他还没有结婚。

杜蔻断断续续说出来的这些背景和细节，卢妙妙一点点听在耳朵里，记在心里，心里的疑云不但没有消散，反而更加浓重了。这不对头，哪里不对头她说不上来，但是肯定有什么地方不对头。在这些看似天衣无缝的叙述深处，有什么现在还看不清，但肯定是惊人和危险的。她了解杜蔻，她知道，杜蔻在明，那个男人在暗。他是不是叫言家和不重要，是不是新加坡人也不重要，他对杜蔻有兴趣，这是肯定的。这种兴趣，只有像杜蔻这样的傻白羊才会认为是男人对女人的兴趣，正常人，都会认为是骗子对猎物的兴趣。

一个相貌不俗的单身汉，三十一岁，来自东南亚，而且不是工薪族，居然是富二代，哦不，富三代。这不是现实版的"霸道总裁爱上我"吗？更美妙的是，这个富三代还是家族企业唯一的继承人。那些关于姐姐妹妹的细节，无非是巧妙地向杜蔻说明这一点罢了，而杜蔻居然会一听就相信，如此智商不在线，让人惊讶当初她怎么考上那所

985大学，和卢妙妙成为同学的。

天上掉下个大总裁？而且年轻，而且帅，而且单身，来到了浪漫魔都，然后和一个小白领偶然邂逅，两个人就爱上了。哈哈哈哈哈～～卢妙妙心想：这个人，如果是国内的，大概也不是什么一线城市的，他不知道，电视剧里的爱情故事都不会这么编了，因为不敢这么藐视观众的智商。虽然不能确定这个男人的具体目的，但是，卢妙妙觉得，肯定有一个巨大的陷阱在杜蔻前方的路上。也许将来某一天，这个鲜衣怒马、锦衣玉食的男人，突然对杜蔻说公司资金突然周转不灵，向杜蔻借一大笔钱，杜蔻一定会和所有"杀猪盘"里的受害者一样，几乎觉得是个表达感情和忠心的大好机会，马上倾其所有，再向亲戚朋友借来一大笔钱来双手奉上，甚至，以杜蔻这样的职位，还可能打开公司的钱袋子，赌上自己的前程和名誉，来解男朋友的燃眉之急。然后，毫无新意的，那个男人就带着这些钱人间蒸发，而杜蔻会在心碎成渣的同时身败名裂，甚至——进监狱。

另外，这种男人，为了尽快弄到很多的钱，一定同时交着好几个甚至好几十个这样的女朋友，有的是线上来往的，有的是线下见面的，所谓的"回新加坡"的日子，也许就是去和其他城市的杜蔻们见面去了。卢妙妙突然想：这种人，虽说每次出场都衣冠楚楚，但服装费意外地很省，因为大多数时候他们不用买新衣服，他们用换"女朋友"来代替换衣服，一套衣服，见十个不同的女人，不就等于十套了？

闺蜜的下午茶，突然就变了味道。原本轻松的一次旅行，突然这两个人发现自己置身山尖，四周云雾缭绕。杜蔻看到的是优美诗意和浪漫氛围，卢妙妙却有一种直觉：危险！前方很可能是悬崖。但是，这一点杜蔻完全想不到，而且因为想不到，也就听不进去。现在的局面就变成：卢妙妙眼看着杜蔻不停地赞叹"风景太美了！"然后向悬崖走去。卢妙妙觉得自己什么都不能说。人生的大部分功课，其实都要自己付学费、自己修的，亲人和朋友出于好意的忠言逆耳，往往也是于事无补，白白断送彼此的感情和关系而已。再说，她在成为一个隐秘的观察者的同时，暗暗地，心里有一种胜券在握的优越感和对自己都难以承认的期待。

诉说和倾听，对女性来说，是重要而且神圣的。这一点，男女显出很大的差别。女性好友之间，交流个人生活和内心感情的程度，常常令男性惊叹或者引起排斥。"你们怎么什么都说？"说这种话的男性，经常会很快迎来被排斥的下场。

两个闺蜜之间，一个恋爱了，而另一个没有，她们分享的程度，在某个阶段几乎是三个人在谈这场恋爱。这个男性，如果不能同时获得"女友的闺蜜"的好感和信任，那么这场恋爱就会像上海冬天的雪一样，下是下了，一到地上就融化了，根本积不起来。

但是，卢妙妙这个闺蜜从把关者暗暗抽身出去成了单纯的观众，这样一来，在杜蔻的脚下，地面温度悄悄发生了变化，于是杜蔻和言家和的进展，就像一场很快就在地面积起来的雪，越来越像一场真正的恋爱——

言家和每次到上海，他都租一辆车，自己接送杜蔻，再也没有让她打过车。杜蔻的结论是："第一次吃饭以后，他就说要自己送我的，我以为是打车送我呢，没想到是他自己开车送。"卢妙妙看着她满脸的信任和满意，心里暗暗叹了一口气。

杜蔻和言家和一起顶着高温去松江看了荷花。她对卢妙妙说："那天，我突然说起来好几年没有看过荷花了，他就马上开车带我去了。那天最高温度四十度！两个人太阳底下看荷花，看完了浑身衣服都湿透了！我说像两个神经病，你知道他说什么，人家说：人不轻狂枉少年。然后马上飞车回宾馆，洗澡，洗完澡他泡茶给我喝，哎呀，出了那么多汗以后，在24度冷空调里面喝热的牛栏坑肉桂，真的好舒服啊。"杜蔻眯起眼睛，好像那种享受是宿醉，到第二天还没有醒。卢妙妙心想：已经到这个地步了，那就快了。

"妙妙，你知道他这次带了什么来？他居然带了把吉他来，是自己亲手做的吉他哦，他特地带来，是因为他自己写了一首歌，是送给我的歌，他要自弹自唱给我听。他真是和我们平常接触的男人很不一样，他很天真，很单纯，像个大孩子！"杜蔻现在只要说到言家和，表情总是这样甜蜜和膜拜，卢妙妙想：也许，这样被骗一次，也不是完全没有价值？

话虽如此，毕竟这么多年的姐妹，心里放弃了，面子上也不能完全刹车，卢妙妙还是冒险戳了一句："你弄清楚了，他到底是单身吗？"

杜蔻有点奇怪，眼睛瞪大了说："是单身呀。我不是老早说过了？当然是单身，不然他追求我干什么？不过他说了，他凡事都自己做主，所以结婚的事情他父母也不催他。"

卢妙妙心里长叹一声：追求你？你倒是想得美。但她觉得自己问过这一句，已经仁至义尽了，从此不但不会再提醒，而且到谜底揭晓、杜蔻大惊失色的时候，内心也不用有任何负担了。

杜蔻也随手给卢妙妙看言家和送给她的礼物：都是口红、香水、丝巾、太阳镜之类的东西。这个卢妙妙早就料到了，所以看了只是淡淡地笑起来，杜蔻似乎知道她的心思，解释说："他说，都是小礼物，怕我有压力。"卢妙妙问："那他要你送什么吗？"杜蔻说："没有，有时候吃饭和喝茶，他会让我埋单。"

卢妙妙想：别说，演世家贵公子，还演得挺好。

卢妙妙问："约会开心吗？"杜蔻叹了一口气，说："又开心，又不开心。"卢妙妙说："怎么了？"

杜蔻说："我从来没有经历过，就是听他说每句话都觉得很有意思，我说的每句话他都很爱听，我们在一起，真的每分钟都很开心，时间过得特别快。——我以前以为这些都是文艺作品里的描写，没想到人家没有骗我们，都是真的，是我自己没有经历过。"

"那怎么又不开心？"

"每次见几天，他又要回国，又要一个月见不到了。在一起的时间永远太短。"

"你完蛋了。"卢妙妙知道，杜蔻不会懂得这句话的真正含义。

"是呀,我完蛋了。我那天问他:你是不是会催眠?要不然我怎么会这样。结果他反过来说我对他施了巫术。我说不过他,就打他,结果他说他要召警察来,告我无故殴打外国友人。对啊,我居然忘了,这家伙是外国人。"杜蔻说完笑了起来。

女孩子到底是女孩子,一恋爱就像换了一个人。此刻杜蔻笑起来的样子,更像一朵"苏醒"玫瑰了。

秋天的上海是迷人的。

凉爽的重点,是这个"爽"字。经历了酷暑的人们,格外能体会这一点。清爽、舒适的气温和湿度,宜人而且稳定,让最不爱出门的人们也乐于在室外逗留,叶子开始变黄的法国梧桐林荫下,所有的人都穿上了一年之中最好看的衣服,举止也变得从容和文雅了。带着糖炒栗子、桂花香味的风吹过来,行人的脸上会无缘无故地出现模糊的笑容。

但是港湾的闺蜜下午茶,气氛却像台风将至,气流很乱,气压有点低。这天一坐下来,什么都还没点,杜蔻当头就是一句:"妙妙,我怎么办啊?"

卢妙妙想：终于来了！也只得明知故问："出什么事了？"

"他向我求婚了！"

"什么？"卢妙妙吃惊不小。求婚？这个出乎意料。这个男人大概是个完美主义的骗子吧，还要演全套吗？看来杜蔻面临的凶险比自己想的还要复杂。一定是有什么，在法律上成为夫妻之后，才能进行的阴险企图。比如，婚后某一天，这个男人突然消失，丢下一大笔债务和一批杀气腾腾的债主给杜蔻。

无底的深渊。要说吗？当然不。一开始不说，现在已经没办法说了。而且，她不是像灰姑娘遇上了王子吗？不是一提到言家和就满脸笑容，连嘴角都是甜蜜，眉梢都是得意吗？如果说破了，绝对不会被领情，只会让她觉得自己少见多怪无中生有，或者直接被认为心理阴暗、想破坏闺蜜的幸运与爱情，因为——妒忌。女孩子之间，不要说真的妒忌，只要有妒忌的影子，那么友谊的小船可是说翻就翻的。卢妙妙才不干这种蠢事。

"那你想和他结婚吗？"

"哎呀妙妙，你明知故问，我想呀！我让他等我几天，其实心里巴不得马上答应。一方面我总归要矜持一点吧，另一方面我总归要和爸爸妈妈，还有和你商量商量，对吧？对了，我妈妈一直不放心，这几天说要托一个律师，通过这个律师在新加坡的朋友，帮我们查查言家和的底细。我觉得我妈妈真是杯弓蛇影，你说是不是？"

"她是内心拒绝你嫁到外国去，所以找借口吧。"

"你这么看？"

"应该是。如果她是这样的出发点，那么肯定会查出点什么对言家和不利的，这个在心理学上叫鸟笼效应，她先有了一个鸟笼，早晚会找到一只鸟关进去的。"

"那你的意思，是不要去查？"

"如果你连最基本的相信都给不了他，那就不要考虑和他结婚。要考虑结婚，不是已经完全相信他了吗？"

杜蔻说："我当然是完全相信他的。两个人在一起，有些东西是骗不了人的。可是妈妈的担心也不是没有道理的，她说我要是和言家和结婚，那可是孤身一人，嫁到那么远，万一有点什么差错，叫天天不应叫地地不灵……"

杜蔻用求助的眼神看着卢妙妙，卢妙妙却看着杯子若有所思。今天杜蔻要了"非洲甘露"，卢妙妙却要了从来不喝的美式咖啡，此刻她发现：黑咖啡真的一点都不好喝，就是苦，很单调很直接。

卢妙妙的语气里似乎也带上了黑咖啡的味道："这个……好像应该你自己决定吧？"

杜蔻说："妙妙，我现在心里有点乱，你给拿个主意，我和我妈妈一人一票，她说要查，我说不能查，你来投一票关键票，你说应该去查一下，我就让我妈妈托人去查。你说不要查，我就坚决不许妈妈托人去查。"

年轻女子在说笑和安静的时候，真是完全不同的感觉。秋天午后的阳光透过树叶和窗纱照进来，两个女孩子今天都穿了裙子，杜蔻是一件米白色长袖连衣裙，和言家和遇见她的那天差不多的式样，但质地不同，那天的是随意洒脱的亚麻，今天却是看似矜持其实柔弱的真丝。卢妙妙则穿了一件淡灰紫的连衣裙，上半身是简洁的七分袖，下半身有清晰而规整的褶子，含蓄地显出了柔美的线条。不远不近地看过去，有点像某一部艺术电影的场景。

卢妙妙终于开口了。因为想了一会儿，所以声音特别平稳，她说："不好吧，偷偷查人家这种事情，对方早晚要知道的，那种人家，怎么受得了人家怀疑，肯定要生气的。到时候你进退两难。"

说完这句话，卢妙妙喉头突然有点发干，生怕听到杜蔻反驳："可是，他要是从头到底是骗我的，怎么办？"

可是，杜蔻不愧是白羊座，而且是恋爱中的白羊座，她马上如释重负地说："对，不能查。坚决不许我妈妈胡来。"

卢妙妙也如释重负了。她这么快就做出决定，那么，一切都是她自己选的。

卢妙妙知道自己将来也不需要解释，因为等到真相像石头一样朝杜蔻砸过来，杜蔻肯定头破血流大惊失色地来哭诉，根本想不起来要兴师问罪。万一她居然想起来质问自己，卢妙妙就说："我那阵子受你影响，也昏了头，居然也相信是什么爱情呀。唉唉，你说丢不丢人啊，一把年纪了，不知道怎么会那样。"

这样想着，卢妙妙露出了微笑，拍了拍杜蔻的脸。杜蔻按住了她的手，"谢谢你，妙妙。你真是我的天使。"

上海的秋天，真是凉爽宜人的。港湾的下午茶，果然是一向讲究的。在这里喝下午茶，就是特别松弛和愉快，怀着某种无须说破的优越感。

想避开人生中所有的惊吓和羞耻，是正常人都会有的愿望。可惜并不那么容易实现，事实上也没有一个港湾可以帮助人完全做到这一点。

杜蔻嫁给了那个人。他真的就叫言家和，是新加坡言氏企业的独生子、唯一继承人。他从未结过婚。他在上海的港湾酒店门口遇到了杜蔻之后，他所说的每一句话都是真的。

他是秋天出生的，所以，当他们在这年冬天结婚的时候，他已经三十二岁，而杜蔻还是二十八。

结婚之前，杜蔻和父母受言家的邀请去了一次新加坡，在言家的别墅里住了三个星期，杜蔻的父亲非常喜欢言家和，发现和言家父子有共同爱好——书法，于是相谈甚欢；杜蔻的母亲和言家全家熟悉了以后，顿时不担心女儿要孤身一人到海外，而是惊叹女儿傻人有傻福了。

言家和送给杜蔻的求婚戒指是一枚3.8克拉的哥伦比亚绿宝石戒指，项链同样是哥伦比亚绿宝石为主石，几乎有6克拉，不同的是群镶了钻石，杜蔻问："这要多少钱？"言家和说："说不清楚。这是我们自己家珠宝店的设计师专门为你设计的。我知道你喜欢绿宝石。"杜蔻说："这种绿，太美了！第一次看见，真的惊呆了。"言家和说："这两枚绿宝石相当纯净，配得上你。"杜蔻说："这里和这里，好像有点杂质。"言家和笑了："哥伦比亚绿宝石里都有矿物包裹体，有一点包裹体很正常，有点杂质反而证明是真的，这样纯净的已经很难得了。"

言家和的父母，送给他们的结婚礼物是刻着"言氏"篆体字的一个小箱子，打开一看，里面都是金条，杜蔻吃惊地说："这——"言家和说："还好啦，在上海，这些还不够买一套房子。"另外给杜蔻一套南洋珍珠首饰，项链、戒指、耳环，金色的珠子，一颗一颗都又圆又大，杜蔻当场对言家和耳语："天哪，这套太夸张了，非得等五十岁以后才能戴。"

他们并没有和父母一起住别墅，而是在离公司不远买了一套复式公寓房子，厨房在一楼，每层各两间起居室各一厅一卫一浴，外加二楼一个衣帽间。公公婆婆见儿子和儿媳要独立，赶紧派来了调教好了的一个女仆。

杜蔻婚后第二年生下了儿子，言老先生看到孙子，心满意足地将公司交给了言家和，言家和在公司的身份从总监变成了总裁。

假想中的骗局根本不存在，大家族内部的宫斗剧也没有上演，公公婆婆好相处得令人惊奇。婆婆总是说："做梦也没想到，家和能娶来一个这么漂亮的上海姑娘，他那么老实的一个孩子，没想到运气这么好。"公公则是说："聪明，温柔，大方，还有学历，能让我儿子安定下来，还给言家生了孙子，这个儿媳妇，天下第一好。"

他们对杜蔻的疼惜和偏宠，到了让杜蔻都经常不好意思的地步，杜蔻偷偷和言家和说："可能是东南亚的文化和我们不一样，他们对人真的特别宽容特别热情，不由分说对你好的那种。相比之下，我们上海的好多父母，疼起小孩来都是有保留的，有时候好像还要讲条件，你做到了哪些事情，父母就多疼你一点，做不到，就给你点颜色看看。"言家和笑了起来，"可怜的蔻蔻，难道你是这样长大的？那我这辈子都要对你好，不讲条件。"

孩子一岁半的时候，断了奶，杜蔻对言家和说想回一趟上海。言家和建议把孩子留在新加坡爷爷奶奶身边，再把平时照顾他的保姆也一起安排过去，他们两个人来一趟轻松的上海之行。

令卢妙妙心里很堵的是，两个人想都不想，就住在港湾酒店。本来港湾也是她的港湾，现在完全成了杜蔻和言家和的。而且，港湾见证的是他们的好姻缘的开始，对卢妙妙，见证的是什么呢？

都过了三十岁了，偏偏杜蔻还是傻白羊的脾气，她第一时间就来约卢妙妙喝下午茶，"好想你呀！家和也想见见你，他一直说要感谢你呢！""谢什么？""谢谢你在我们谈恋爱的时候，始终投他的赞成票啊。他说在上海，第一要谢谢港湾酒店,第二就要谢谢你。我对他说,你是守护我的天使~~"杜蔻在微信里发了一长串的玫瑰花和爱心。

卢妙妙把手机往沙发上一扔,骂了声:"没脑子!"

2021年6月27日改毕

梦屏

第一折

分手以后，他开始做一个梦。

他和段晓菲一起，去婚纱店试婚纱。那家店好像正是晓菲曾经对他赞不绝口的。晓菲陪一个闺蜜去试婚纱，然后回来就忘不了那家店，她说："到了那里，每个女孩子就都成了公主！"过了一会儿，又说："她还没有我漂亮呢，一换上婚纱，整个人就成了白天鹅！我在旁边，倒成了丑小鸭！"

他没有接口，任何和女朋友同居两年以上的人，都会知道这是危险的话题，不宜轻率地介入。同居两年以上，说明感情是有的，但是还没有结婚，说明结婚的冲动是不足的，或者说，还没有下定这个决心——下那个怎么看对自己也没有什么好处的决心。

但是他们终于来到这家店里。他换了一套黑色的礼服,坐在丁香紫的丝绒沙发上等晓菲。晓菲让他等的时间比想象的短,然后就出来了。他首先注意到的是她换上婚纱以后,步履有些不便而迟缓,两个女店员在她后面托着婚纱的下摆,其中一个对他说:"看,多美的新娘子啊!"他注视晓菲,晓菲的脸上有他从未见过的红晕,眼睛亮得像星星——不是上海的夜空中的星星,而是有一年他在三峡的游轮上,半夜一个人躺在甲板上,所看到的星星。特别亮,带着微芒,又有一种说不出的、让人鼻酸的迷离的美。

晓菲竟然是这么好看的女孩子。哪一种好看呢?线条挺拔,五官精致,举止大方,而神情中带着些许弱不禁风的娇柔。正是最让他动心的那一种。

晓菲竟然是这样的。

女店员在絮絮地介绍婚纱的款式,又说这款婚纱配什么珠宝好。他似听非听,心里暗暗庆幸终于还是按捺住了不耐烦和摆脱的情绪,决定和她结婚。

最后晓菲用目光征询他的意见:你觉得怎么样?

他走过去,挽着晓菲,站到无比巨大的穿衣镜前,"别光问我呀,你自己看看好不好。"

镜子里，他的黑色礼服的缎面领子发出柔润的光泽，脸却是模糊的。而晓菲真的好看极了，不但无懈可击，而且整个人像一朵被晨曦照亮的花。他的心里好像有什么被点燃了。他第一次觉得，能和这样清丽而可爱的人一起生活，是自己的幸运。

于是他说："美极了。就这套。"

晓菲露出了笑容，那笑容里有惊喜和感激的味道，这让他有些不知道从哪里来的羞愧，于是他说："我们再去挑戒指。你不喜欢钻戒，那要红宝石，蓝宝石，还是绿宝石？"

晓菲像唱歌一样地回答："当然是珍珠！我喜欢那种粉红色的珍珠！"

他只知道珍珠是白色的，也有黑色的，但是第一次听说有粉红色的。但是此刻，晓菲说有什么，这个世界上就一定有什么；即使没有，他也会让这个世界第一次变出来。他就想让晓菲高兴，就想让她一个人，什么都满意，什么都称心。

明确意识到自己如此想让另外一个人高兴，这让他很高兴。传说中的爱情，就是这种感觉吗？

然后他听见自己也像唱歌一样地说："好，珍珠。就粉红色！我们买一整套！"

又一次，梦到这里，就醒了。

他总是觉得很气恼，这不公平！他明明下了那么大的决心，要和晓菲结婚，还下了那么困难的决心，和她去面对那些繁琐的婚礼准备，然后，居然，就在他确信自己愿意让晓菲高兴，而且也确信让晓菲完全满意、彻底高兴起来的时候，他被人或者什么力量从那个美妙的地方扔了出来，甚至都来不及看一眼晓菲的笑容。在梦里，他发现，其实他很想看看晓菲听到自己百依百顺又无比慷慨的回答之后，会露出什么样的笑容。

他这辈子都不会知道了。因为他们已经分了手。

似乎也没有特别具体的原因，可能也只是他从来没有打起精神想结婚，他不是不愿意和晓菲厮守下去——晓菲总是这样指控，但是他觉得她说得不对，自己就是不太愿意结婚，其实还是愿意和晓菲在一起的。这三年里面，他也没有和其他女人有任何瓜葛，即使在和晓菲吵架的时候。

他模模糊糊地觉得，如果有一天，不得不结婚的话，晓菲是第一个会想到的人选。

只是，如果没有什么强大到他必须"不得不"的理由，这个婚，还是能不结就不结的好。

而晓菲，表面上看上去轻轻松松、没心没肺，心底里，到底还是渴望一个婚姻，一个家庭的。这样的两个人，当然只能分手了。

晓菲说是他放弃的。而他说，这是两个人谁也不肯成全谁。言下之意，她没有如意，他也没有称心，所以大家扯平，互不相欠。

晓菲来取走最后一个箱子的时候，他依然是这个态度。晓菲没有等来他的一句道歉或者安慰，脸上明显地流露出混杂了失望、伤心、鄙视、难以置信的百感交集，但她始终没有失控，只是最后说了一句："是我错了，以为你非我不可。"

他说："那你是非我不可吗？"他觉得她不公平。

晓菲背对着他，停了一会儿，说："不说了。没意思。"

她走了。

他很生气。

但是奇怪的是，晓菲消失了几个星期之后，他开始做这个梦，反反复复，情节大同小异。晓菲的婚纱颜色经常会变，有时候甚至是怪异的黄色，绿色，然后他摇摇头，晓菲马上换回那套白色的，就是那家商店橱窗里那套，然后他看到晓菲的脸上有他从未见过的红晕，眼睛亮得像星星——特别亮，带着微芒，又有一种说不出的、让人鼻酸的迷离的美。

最后晓菲用目光征询他的意见：你觉得怎么样？

他走过去，挽着晓菲，站到无比巨大的穿衣镜前，"别光问我呀，你自己看看好不好。"

镜子里，他的脸是虚焦的，看不清楚，只记得黑色礼服的缎面领子闪着光，而晓菲真的好看极了，整个人像一朵被奇异光线照亮的花。他的心里好像有什么被点燃了。他第一次觉得，能和这样美好的人一起生活，是一件值得期待的事情。

然后他和晓菲谈论戒指，他说："你不喜欢钻戒，那要红宝石，蓝宝石，还是绿宝石？"

晓菲像唱歌一样地回答："当然是珍珠！我喜欢那种粉红色的珍珠！"

有一次他在梦里想，我已经听说过有粉红色的珍珠了，我也已经查清楚哪个牌子好，哪里有卖了。

还有一次，他甚至掏出了一个珠宝盒子，从里面取出了一个粉红色珍珠戒指，给晓菲戴上了。大小正好，怎么知道手指尺寸的？反正就是知道。他都佩服自己。

但每一次，心里的感觉都是一样的，就是想让晓菲高兴，让她能多高兴就多高兴。

而且，每一次，他都确定：如此想让另外一个人高兴，绝对是第一次。这种确认的感觉，让他很高兴。每一次，到这个时候，都有一种甜甜稠稠酸酸涩涩的液体漫过他的心，然后他很有把握，但仍然很期待地看向晓菲的脸。

然后就醒来了，总是看不到晓菲那个最明媚的笑容。

痛痛快快地给了她全部想要的，毫不牵强，也不戒备，就是觉得：你想要的，我都能给，也都愿意给。那种内心的奇迹发生之后，想象中晓菲抑制不住的、那么甜蜜、那么明亮的笑容，他竟然从来没有看到过，不论是在梦里，还是在现实里。

梦里就差一步，现实里，差得更远。

那些结婚的人，会不会是只想看对方的笑脸，受不了对方的眼泪？那种感情，我竟然一次都没有体会过。妈的！

分手后，他第一次伤心起来。无从争辩，不再赌气，也不需侥幸，更不再窃喜，作为一个人，彻底放下了对另一个人的防备，在他最看重的独自清静的时空中，专心地，纯粹地伤心起来。

第二折

知道结婚不可避免，他觉得自己的反应和心情很健康很正常。

为什么不可避免？不是因为年龄，自己三十五了，但语萱才二十八，都是对结婚还可以拖拉的年龄。也不因为父母的催促，双方父母不是对人生很狂热、对儿女很强势的那种，觉得他们两个挺般配，早晚会结婚，因此都没有催促。当然，他的父母都快七十了，身体不太好，几次表示不能替他们带孩子，所以可能也觉得没有催促的底气；而语萱的父母，感情很好，两个人都刚刚退休，正在乘着游轮满世界旅行，浑身都是终于摆脱了现实束缚的自由感，脑子里完全没有盼望第三代的念头。这样，两边的父母，在他们何时结婚、何时生儿育女这些事情上，就显得特别开通，这让他很庆幸——他们这一茬，从小是独生子女，习惯了自己的事情自己说了算，最怕别人对自己的事情七嘴八舌、指手画脚。

他的公司想派他去南方的分公司，他有点犹豫。如果去，可以得到独当一面的历练，两三年后回来，应该会升到自己满意的职位；但是就要和语萱分开两到三年，语萱在一个名牌小学当英语教师，工作得很顺利，不可能辞职陪他去赴任。要不要分开两三年，这是恋爱几年中都没有预料到的问题。

然后，老天爷替他们翻了一张牌，语萱怀孕了。本来摇晃的天平，一下子绝对倾斜了。

不去外地，并且结婚。那还有什么可说的。

奇怪的是，语萱的心情不太好。工作了几年，她刚刚觉得驾轻就熟，学校、学生、家长的评价也越来越好，语萱正在兴冲冲地收获自我肯定，突然要被打断，而且以后也未必能回到原来的轨道和节奏。

"有的机会，是错过一趟就错过一生的。本来该轮到我的，我休了产假，就只能给别人，等我休好产假，和我同年龄的人升到那个职位了，我的机会就凉了。我们又不能让地球停转，让时间暂停——为什么偏偏是我！啊！我不要啊！"语萱半开玩笑半发泄地大喊大叫。

还有——"身材也完蛋了！上趟我们教务主任说'好女不过百'，我受刺激了，那个时候我一百零八斤，然后我两个月晚餐不碰主食，好不容易回到了一百斤。接下来也彻底完结了！不要再想保持体重了！"

他觉得隐隐有点不舒服。人家是就怕男朋友不结婚，或者想结婚但样样条件都不齐备，或者父母反对，七大姑八大姨作梗，可他们两个人，需要结婚时男方毫不犹豫就决定结婚，房子、车子都有了，也不缺钱，双方父母开通，

梦屏　　113

凡事都凭他们自己做主，这么样样齐全的婚，多少人苦求而不得，语萱怎么是这样的反应？他说不清心里的那种不舒服该如何命名，就好像几年前有一次请客吃晚饭，因为要报答对方之前在工作上的帮忙，所以费了心思选了一家低调奢华的餐厅，点了很贵的菜，菜上来之后，对方在举筷子之前，微微皱眉说："其实，我在减肥，都不吃晚饭的，今天你这样盛情了，那我就破例吃几口吧。"你不吃晚饭，你为什么不早说呢？我何必费这番心思。

你不那么盼着结婚，为什么不早说？你也不那么想生孩子，为什么也不早说？或者，你到底想不想结婚？想不想生孩子？

后来他想：职业女性确实也有她们的困苦和难处，结婚生育，对她们的影响永远比对男人大，自己能拿出来的最大诚意就是结婚，并且让她相信自己从此会一心一意地和她生活下去，而结婚、怀孕，他虽然也要放弃机会，他虽然也有他的压力，但——终究是她放弃的更多，压力更大。

再说，语萱本来就是这样，有什么说什么，并不会为了讨好他而谨言慎行，虽然有时候太直别别的，但……她就是这样的人嘛，自己当初不就是喜欢她的单纯、爽快吗？

好吧,不多想了,结婚吧。本来也没想过要不结,那就结。婚庆公司的花样还真多。他们对着婚庆公司的菜单忍不住瞪大了双眼。

团队:策划师、主持人、新娘造型师、新娘随身指导、摄影师、摄像师、督导师、音乐特效师、视频师、演艺团队

服装和化妆:新娘服装,新娘化妆,新郎服装,新郎化妆,伴郎伴娘服装,伴郎伴娘化妆,双方长辈服装,双方长辈化妆(如果体型特殊,本公司可量身定做,也可以客户自行定做)

仪式区:花门、花亭、大型花柱、背景、中心舞台

婚礼通道:由花柱、T台、铺台、地排花、红地毯、玫瑰花瓣地毯组成

迎宾区:迎宾牌、签到台、合影墙、迎宾背景

用餐区:主桌花、嘉宾席桌花、餐盘花、桌布、桌椅、椅套、椅背纱、椅背花

氛围设计:餐厅顶部及墙体装饰等

平面设计:请柬、席位卡、签到卡、签到本、车牌、车囍、糖盒、回礼包装、婚礼LOGO、迎宾牌、背景等

婚礼影像摄制：预告片、爱情MV、成长历程、采访片、祝福片、感恩片、祈福片、开场片、婚礼全程影像

舞美设备：追光灯、摇头灯、泡泡机、PAR筒灯、干冰机、烟雾机、染色灯、回光灯、地排灯、音响、投影仪、LED显示屏、背投、升降舞台

预告片？追光灯？像一台大型文艺演出。他有点想笑，他看了语萱一眼，见她苍白着脸，紧张而虔诚的模样，只得忍住笑。

沉默了一会儿，语萱说："这么复杂呀。"谢天谢地，他要娶的人，此刻和他是一致的感受。

婚庆公司的经理说："我们是套餐式服务，其中有一些是必须有的，另外一些是几项中选一的，根据你们喜好选，还可以另外增加的，当然每一项都另外收费。我们等一下到那边谈一谈，然后你们钩一遍，就可以了。一个月以后，婚礼准时举行。很简单的。"

"就这样？"

"就这样。选服装，拍片子，彩排，我们会一项一项通知你们的。"

语萱突然说:"到时候在婚礼现场,谁负责收红包?"

经理笑了:"当然是你们家里人。你们两位是顾不上的,请你们的父母或者兄弟姐妹吧。"

语萱说:"会不会分不清是谁给的红包?红包上面不一定个个写名字的吧?"

"这个……我们也不知道,应该会写的吧。如果没有,让你们家里人当场问一问,记下来好了。"经理似乎有点不耐烦,因为这些细节和他们的菜单无关,而且听上去不那么高级。

那种不舒服的感觉又来了,还加上一点点难堪。不知道有多少新娘子在筹备婚礼的时候会最在乎怎么收红包,而且毫不遮掩地和外人商量?而他的新娘,就是这样的一款。但是这也只是转瞬之间的念头。语萱不必完美,因为他自己就不完美,两个人都不完美,也不必完美,但是他们要开始一起生活了,那即将开始的生活,会是相对完美的,至少,比现在接近完美。

接下来的日子,非常充实。或者说非常被动。两个人上班回来,一个学习孕期知识和做各种孕妇操,一个专心做各种适合孕妇吃的菜,同时和婚庆公司和双方父母保持联络,对一些细节不断地回答着:要,或者不要;好,或者不好；可以，或者不可以。

这样的日子也挺好，一切都是不假思索的，好像一个按钮按下去，一个庞大的机器就自动运转起来，不需要再有任何选择，也不会有时间犹豫或者纠结。

奇怪的是，白天充实或者被动的他，晚上开始做梦了。

婚礼开始了，大家却找不到他，连化妆室和洗手间都找过了，他就是不见了，他自己也在找，但是不知道新郎哪里去了。打电话！他马上打，手机在他自己的口袋里响起来，但是新郎在哪里？结婚进行曲响起来了，新郎还不知去向！天哪！怎么回事？有人开始大喊：停下来！有人喊回来：什么停下来？音乐！音乐停下来！最后是他自己大喊：你们把这个该死的结婚进行曲停下来！

他醒了。身上有汗。语萱在他身边睡得很安稳，鼻息轻轻而均匀。

梦又来了。

婚礼开始了，他站在玫瑰花地毯的这一端，语萱挽着她爸爸的手臂，从地毯那端走过来。婚礼主持的声音响起来："现在，新娘的父亲挽着新娘，走上了象征爱和祝福的红地毯！这位骄傲的父亲，将带着自己的掌上明珠，徐徐走过红地毯，新郎将从岳父手中接过新娘的手，也接过爱护、照顾新娘的接力棒……"

主持的声音,好大声,好吵啊。如果有谁让他声音低一些就好了,如果有谁能让他安静下来,就更好了。

这时候,父女两个在地毯上走着,语萱的婚纱飘飘荡荡,裙摆翻滚,她像在水中一样,不,她整个人就像一个海浪,父女两个人像优雅而迟缓的海浪一样卷到他面前,他举起手来,这个时候,他突然觉得手非常沉重,但是海浪已经到了面前,他必须做点什么,才能让海浪停下来。他举起手来,耗费了不小的力气,他伸出手去。语萱松开了父亲的手臂,把手向他递过来,他们的手在空中互相寻找,他们掌心相向,语萱在向他微笑,她的眼睛又好像在透露出一种因为克制而略显神秘的东西,像是一个极有涵养的阴谋家得逞时的表情。但是他顾不得多想,他把手伸了过去,他的手好像在水中一样,有浮力,还有奇异的阻力,但是他还是命令自己:把手伸过去!眼看就要握到一起,可是语萱的手臂突然像海藻一样飘起来,荡开去。语萱!这时候哪里涌来了一个大浪,语萱整个人都像海藻一样飘荡起来,然后飘飘荡荡地倒在了地毯上。那种轻盈而缓慢的样子,更像是舞蹈,所以应该不会受伤的。但是语萱躺在地毯上,没有起来。地毯原来是雪白的,这时候出现了一些红色的花瓣，是谁撒下了玫瑰花瓣？这些花瓣的边缘在移动在扩大，他突然意识到，那不是玫瑰花瓣，那是鲜血，是从语萱的身上流出来的血。

不知道是谁发出了一声尖叫，然后他明白，语萱流产了。他不知道发生了什么，为什么两个人的手就是握不到一起，为什么语萱会倒在地毯上，但他就是知道：语萱流产了。他想冲过去，抱起语萱，问她怎么样，可是他发现自己的双腿不能移动，像是水泥做的，正在飞快地凝固。

砸了，婚礼砸了，整件事砸了。然后他发现自己在笑，不是微笑，而是哈哈大笑。所有的人惊讶而愤怒地望着他，他也知道不该笑，但就是止不住，他哈哈哈哈地笑个不停，笑得站不住，只能蹲下来，红色的玫瑰花瓣向他流过来，淹没了他的鞋子，笑声没有停止，玫瑰花瓣淹没了他的膝盖，笑声依然没有停止。他觉得好久没有这么开心了。

取消，全部取消！哈哈哈哈！

这个渣男！

哈哈哈哈！

这个疯子！

哈哈哈哈！

他醒了。身上都是汗。语萱在他身边，睡得很安稳，鼻息轻轻而均匀。

他来到厅里，拿起一瓶法国不知什么酒庄的葡萄酒，嫌开瓶麻烦，又拿起一瓶澳大利亚的"黄尾"，这种葡萄酒最大的好处是可以直接拧开，他胡乱拧开了，倒了半杯。

彩排的日子，他一到婚礼式场，就叫来了婚庆公司的经理，"所有的地毯都去掉，我怕地毯对我太太不安全。"

经理说："怎么会？"

"地毯角可能翘起来，两块地毯的衔接处可能有缝隙或者有高低。"停了一会儿，他干脆说出来，"她怀孕了，我要保证万无一失。"

停了一会儿，他说："对。必须万无一失。"

第三折

他一直以为自己结婚会是一件困难的事情。

七岁的时候，父母离了婚，他被送回了外公外婆家，一直到上大学。他曾经分别问过爸爸和妈妈为什么离婚？

爸爸的回答是：问你妈妈。

妈妈的回答是：等你长大了，我们再谈这件事。

后来他长大了，却似乎想不起来再问了。

那些年父母都会来看他，分别来，他们互相不愿意见面。父母也都定期把他的生活费和学费交给外公外婆。他看到其他一些孩子，要么父母离婚就被送进寄宿学校，放假也没人照料，或者父母各自再婚，而且互相计较，导致孩子不能保障原有的生活，就觉得自己的运气也不算不好的，命运推了他一把，让他一个趔趄，但终究没有让他脸朝下趴在地上。

他考上了一个大学，不是他心目中最想去的，但是也算一个不错的大学，说出来有人羡慕但不会有人妒忌的那种。他已经知道大学里读的专业，不一定和将来的职业有关系，再说自己也不喜欢和很多人竞争，所以选了一个比较冷门的专业。

然后他考了热门专业的研究生，考上了，毕业后才发现所谓的"热门"也是"草色遥看近却无"，找工作不容易，最后进了一家普通的公司。从很低的位置做起，每天第一个来，最后一个走，有差错第一个挨骂，有功劳是别人的，一年后，不再挨骂了，仍然是第一个来最后一个走。三年后，原来的部门主管跳槽了，他正在为部门里可能出现混乱而烦恼，总经理找他去，说要升他为部门主管，问他有什么想法，他说："没有想法，没想过。"总经理笑了，说早就知道他是个靠谱的人，也很能干，就是太低调了，不怎么懂得确立自我的存在感。

他有点羞怯，低声说："我行吗？"

"我看你行。你原来的主管也向我推荐你，他不是一个轻易夸人的，他说你行，你一定行。"

他很意外，只得说："谢谢总经理。"

被升为部门主管以后，所有的人开始正眼看他，这一正眼看，看出了许多原来视而不见的事情：比如，有一次一个外国客户来，他自然而然地和人家聊了一会儿，原来他的英文这么好；进而，发现他还会德语。还有，他话少，但那不是孤僻，不是阴郁，而是沉稳内敛，这是年轻人里面难得的上乘修为了。

还有，他其实挺帅，一米七六的身高，不胖不瘦，有肩膀，有肌肉，他应该有锻炼习惯的吧。也不能怪众人原先不注意他，他原来穿的西装，式样和面料是太差了，如今换了两套像样的西装，整个人从轮廓到色彩都变了，也有了自己独有的神采。

但也许是因为别的原因。比如海桐。

海桐是他的女朋友。

梦屏　　123

他们是在一个生日聚会上认识的，他的一个客户，合作时间长了有一半算朋友了，那天这个客户邀请了很多人，有他工作以后的朋友，也有他的几个老同学，海桐就是其中的一个。事后，海桐说：其实那天差点不去了，因为觉得要见好多陌生人，会有压力，还觉得过生日的老同学这样把两拨人叫到一起，有点不靠谱……最后因为那天没事情，就想：就当只是去蹭个饭吧，如果没有意思就早点走。

第一眼看到海桐，他有一种好像在哪儿见过的感觉。模样不算标致，但整体看上去很舒服。上海女孩子的秀丽，以尖锐清冷的居多，有的明明长得好看，但一年四季笑容都要限量供应，而海桐看上去是圆圆的脸，樱桃一样的唇形，眼睛和嘴角似乎天然噙了一团笑影，比常见的女孩子多了圆润甜美。后来不知怎么，他就坐到了她的身边，聊了几句，她开一罐可乐，努力了两下之后，他说："我来。"可乐啪地打开了，他把拉环只拉开一半，到了她的杯子上空才全部拉开，果断倾斜，将混合着泡沫的褐色液体全部倒进了杯子。海桐觉得他很细心，而且动作利落。

整个晚上谈得很愉快。散的时候，他和她都想要一个联系方式，但是都没有说。幸亏聚会的主人为了传当天的照片在微信里拉了一个群，他就加了她的微信。然后就有了约会。

他们看电影、看话剧，逛美术馆、博物馆，或者听一个两人都感兴趣的讲座。他们吃饭比较简单：火锅、茶餐厅、赛百味、咖啡厅的三明治，偶尔吃寿司。很少去麦当劳和肯德基，因为要排队。他发现和海桐有许多相同的地方，比如，不愿意为吃饭花太多时间、浪费太多心思。他们经常边吃饭边讨论刚刚看完的电影和话剧，或者计划下一次要看什么展览。确定时间、网上购票（海桐抢票、选座位很内行）、预约参观或讲座，这些都归海桐，她说她在公司的工作有一部分就是做这个的，"熟练工了。"她笑着说。而他负责开车接送海桐，还有吃饭的时候买单。

最初的时候，海桐说过：我们可以AA制。他说：一个女孩子，如果我不愿意请她吃饭，AA制我也不愿意和她一起吃饭。海桐就笑了。

海桐笑起来很甜，她整个人的模样、性格就是甜的。有一次，他这样说了。海桐反问：上海大多数女孩子不是都挺甜的吗？他说：没有吧。好多小姑娘都是年糕片，不甜，白白的，薄薄的，有点硬。海桐说：那些甜的呢，像什么？他说：像条头糕，白白的，细细的，皮也是淡的，里面甜死你。海桐跳起来打了他几下，"你太讨厌了！我不是条头糕！"

他说:"你是糖年糕,甜得很均匀。"海桐听了,想笑却忍住了,有点不好意思的样子。

小时候,他在外公外婆家,最喜欢吃糖年糕。因为过年的时候,妈妈一定会回来,会带来好几块糖年糕,雪白的,有点透明,看上去很好看,像玉一样,然后妈妈有点费力气地切成片,然后蒸软了,给他吃。有时候,外婆会过来说:"我来煎煎,更好吃!"妈妈说:"不用麻烦了。"外婆说:"过年,我们也讲究一点!"外婆就打两个鸡蛋,还往里面放一点点盐,他惊叫起来:"外婆,糖年糕是甜的,你怎么放盐?"外婆说:"若要甜,放点盐。"妈妈就笑了。糖年糕片在蛋液里滚一滚,然后放进油锅里煎到金黄,放在一个大瓷盘里,他跟着妈妈到餐桌边,妈妈说:你先吃!他就吃了,有点烫,鸡蛋很香,但吃不出什么咸味,倒是年糕真的是更甜了。外婆问他:"好吃吗?"他的牙齿和舌头都被有弹性的黏纠缠住了,只能点头,妈妈替他回答:"好吃的!吃得开心死了。"也许是因为这种难得的欢乐,在他记忆里面,美食排行榜的第一名永远是:糖年糕。

别人问他:怎么把女朋友追到手的?他吃惊地笑起来。他其实很怕"追"这件事。再好的女孩子,他也不会追。不但是因为他的性格,还因为他隐隐觉得需要很费力地"追"

的人，一定不是对的人。苦苦地"追"，更是为难自己也打扰别人的事情。但是和海桐，完全想不起来"追"这个词。海桐说："那我们是什么呢？互相吸引？"他说："用一个字说，大概是'遇'吧。"因为这句话，海桐第一次主动地吻了他。海桐的吻，像糖年糕一样美妙。

他们看一个鲜花主题的摄影展，里面有樱花，也有樱桃花。海桐小声说："原来是两种花啊！怪不得上次我们在浙江，看到一些白白、小小的花，当地人说是樱桃花，还说就是樱花，我现在明白了，那些就是樱桃花，和樱花不是一种花。哈哈终于明白了！"海桐张着嘴，惊喜地笑着，右手两个手指头比了一个V字，来回晃，眼睛闪闪发光。

因为弄清楚了一件无关紧要的小事情而如此开心，他喜欢这样的女孩子，有把她抱到怀里的欲望。

于是他说："我想到一句话：我要在你身上做，春天对樱桃树做的事情。聂鲁达的诗。"

海桐脸红了。但是她的笑意没有消失，只不过白色的樱桃花变成了粉红色的樱花。没有什么比一个平时爱笑的女孩子突然脸红更让人动心的了。

聂鲁达说得不对。是命运，同时对他们两个人做了一件事，像春天对樱桃树做的那样。

梦屏　　127

他曾经好奇过：人们是到什么时候明确自己在恋爱，又是到了什么时候知道应该结婚呢？现在他懂了。那都是一棵樱桃树在冬天的呆想，很呆，而且不会有答案。

到了时候，每个人自然会明白自己在恋爱，每一对人自然会知道他们应该结婚。就像春天到了，樱桃树自然就会开出花来，然后结出果子一样。

后来，他和海桐几乎每天见面，而且有时海桐在他这里待到很晚了，他还要送她回家，而且每次分别都依依不舍，第二天见面都还是觉得分开了好久。

"哎呀，这样来回跑，好辛苦啊！"海桐说。他说："就是，结婚吧？"海桐说："就是，结婚算了。"说过了以后，也没有下文。只不过，自然而然地，他们开始谈到未来的家庭。海桐喜欢说"我们家"这个词，她说："以后我们家要有大阳台，我喜欢用太阳晒衣服！"她还说："我们家以后要一起做饭，我喜欢两个人挤在厨房里，说说笑笑，一顿饭就做好了。"让他自然而然对这个未来的家庭生出了向往。

家。原来，他一直暗暗渴望、对自己都不太敢承认的，是想拥有一个家啊。这个家，灯光明亮，安全温暖，所有的陈设都很方便舒适，最重要的是：里面的成员彼此相爱，不会争吵，不会冷战，不会分开，不会抛弃其中的任何一个，全家人永远在一起。

海桐的父母对女儿的选择很满意，更难得的是这是一对表面看上去人间烟火，内心云淡风轻的夫妇，对未来女婿既不提任何要求，也不旁敲侧击地盘问，他只好主动禀报：房子已经看好了，是新房子，不是很大，建筑面积一百平米，但小区环境好，而且离海桐上班的公司很近，海桐都可以走着去上班。他有积蓄，加上外公外婆留给他一份遗产，首期已经付了，以后按揭，慢慢还就是了。婚礼怎么办，听你们的。婚戒还没有买，过几天我们会去挑。海桐嫌钻石戒指太贵，我还是会拖她去看看的。

他这样絮絮地说了半天，海桐的父母都笑眯眯的，只管喝他们的茶，弄得他有些奇怪了。这时海桐说："爸爸妈妈，你们说话呀！你们怎么想的，讲出来，我们好心定。"海桐母亲笑着推男主人："你讲你讲！"海桐父亲说："我们想法最简单了，结婚最重要的是人。人，女儿选好了，我们看了也认可，其他事情，通通你们自己决定就好了。"他听了不知道说什么好，一时间觉得有点鼻子发酸，眼眶发热。海桐母亲格拉松脆地说："你们就买一对素铂金戒指就可以了，不要另外买婚戒了。我这里有首饰给海桐，一套老的黄金首饰，是她外婆给我的，另外一套彩色宝石的，是我在法国旅行时买的。"说着马上拿出来。一看，那套黄金首饰非常敦实，海桐一看就瞪大眼睛，用手指着说："天哪，这个鸡心太重了！戴了我颈椎吃不消。你不会强迫我戴吧？"妈妈笑着把海桐的手打开，"这么大的人了，还这么十三点！没听说过传家宝是压箱底吗？这个当然放在保险箱里。将来给你们儿子讨媳妇，或者给你们女儿当嫁妆呀。这套才是给你戴的。"另外一套彩色宝石首饰有项链、耳环和戒指，都是蓝、粉、紫、绿、淡黄各色宝石镶在一起，十分悦目，设计别致，手工也很是精巧，海桐一看眉开眼笑："哇，这个我喜欢！谢谢妈妈！"父亲用食指点着自己的鼻尖，提醒女儿，海桐马上说："也谢谢爸爸！"大家一起哈哈大笑了起来。

这样和睦、亲密的家庭氛围，让他非常感慨：世界上怎么会有这样的家庭？互相这样亲爱，互相体谅互相信任互相照顾，而且这样有默契。他这样出身孤苦、不谙世情的人，真的这么幸运吗，要从这个家庭里带走一个被这样疼惜长大的最可爱的成员，和自己另外组成一个新的家庭？他是不是太过分了？新的小小家庭，能不能像眼前这个家庭这样温暖幸福？他和海桐能这样一直相亲相爱下去吗？当初，爸爸妈妈不也相爱过？但是后来，他们那么坚决地离婚了，而且都不愿意多看对方一眼。所谓爱情，会不会都不能长久？所谓婚姻，会不会只是以幸福为诱饵，让人们盲目乐观地进入，然后再也不能脱身的绝望围城？他轻轻地摇了摇头，想把这个不祥的想法从头脑里甩出去。

一切顺利得超乎想象，新房子装修好了，婚礼的时间定下来了。

他开始做梦。他过去也做梦，但是梦都是模糊、破碎的，醒来就记不清了。但最近的梦却情节很清晰，醒来还不能驱散梦里的感觉，因此更像是他在夜里经历了那些事情。

恍恍惚惚间，就举行婚礼了。然后他的礼服怎么会那么紧，紧得他喘不过气来，而新娘子，穿着云雾一般婚纱的新娘子，却在他对面露出非常夸张的笑容，好像在说：我赢了！又好像在说：你上当了！这时候，他突然发现：这个新娘子，居然不是海桐，而是一个他从来没有见过的人。他想赶紧转身跑，这时候地上长出了一些藤，把他绊倒了。

就醒了，身上都是冷汗。

过了几天，梦又来了：不知道怎么，就结婚了好几年了。这回他在梦里知道对方是海桐，但海桐的脸有些变了，皮肤有点粗糙，他暗想：到底结婚这么久了。不过他很高兴自己有机会能证明，即使她的容貌发生了变化，他对她的爱一如往昔。他觉得自己也已经表明这一点。但是海桐举着一个平底锅，对他说："你为什么买这个平底锅呢？我不是说整个厨房，都不许出现黑色的东西吗？"他很奇怪，"我没有买过平底锅啊。你也没有说过不能出现黑色啊。"海桐的脸色变得阴沉，目光变得犀利："家里就两个人，不是你买的，难道是我买的吗？"他想息事宁人，就走过去，用手往锅上一抹，那个黑色的锅子马上变成了银色的，"看，现在已经变成另外一个锅了。"海桐说："你当我是白痴吗？本质上，它还是那个锅子。"他知道海桐生气了，但是他更生气，所以他什么都不想再说，他走到客厅里，独自坐到沙发上，不知道怎么的，他一坐下去沙发就塌了，也不知道为什么，垫子也变成了一张纸，他就隔着那张纸坐在地上，哭了起来。他觉得很羞耻，于是因为羞耻而哭得更伤心了。

他醒了。这回身上没有汗，手脚冰凉。

又到梦里了，又到了同一个地方。他知道时间又过去了好久，儿子已经是六七岁模样了。孩子的脸像海桐，眼睛和鼻子像自己。儿子抱着他的腿，仰头望着他，目光是哀求的。他看向海桐，海桐打开了门，冷冷地望向他，是毫无感情的送客表情。儿子开始哭，他的心一绞一绞地疼，他想：最怕发生的事情，怎么还是发生了？我到底做了什么？是从哪里开始错的？海桐说："我们结束了。你以后不要来打扰我们。"他说："你看看孩子，你看一看，你怎么会是这样的一个女人呢？"海桐说："我不会为了孩子牺牲自己的一生。"他说："我们在一起就是牺牲一生吗？""我不想当着儿子的面和你吵架。我和你现在没有关系了，请你出去。"他刚想迈步，儿子大喊："爸爸不要走！我要爸爸！"他低头看孩子，发现孩子胸口插了一把刀。

他大叫一声，猛地坐了起来。刚才在梦里的海桐面前竭力忍住的眼泪，决堤般流了下来。

纠结了几天，他还是把这些梦都告诉海桐，海桐笑了起来，但不是嘲笑。她的理解和他完全不同："这多好，说明你是看重家庭的人，而且你的心里只有我一个人。吵架也是和我吵，生孩子也是和我生，还最不愿意和我离婚。"

他想了想，也笑了起来。

他们的婚礼在海桐喜欢的教堂举行。他换好了礼服，礼服是白色的，非常合身，而且面料似乎有轻微的弹性，并没有任何让他难受的地方；他站在那里，看到从两边侧门进来的亲友和来宾都坐下了——所有人都穿了礼服、做了发型，盛装出席。而主通道的门还是关着的，然后结婚进行曲的管风琴声响起，两个花童笑嘻嘻地把门拉开了，

梦 屏

海桐穿着婚纱，挽着岳父的手，站在那里。

他从来没有见过海桐这个样子，不，确切地说，他从来没有见过这么甜美的女子。这个美人儿正在笑，那种笑，是从心里笑到脸上、笑到眼睛里的，因此美得令人惊奇，美得即使这是一个与他无关的女子，他也会真心实意地赞叹。

终于，这个令人惊奇的美人儿踏上了地毯，像一棵在春天阳光中盛开的樱桃花树那样，光彩夺目又无比轻盈地向他走了过来。

他突然想：也许，这才是一个梦？会不会马上就醒来，发现自己一个人在床上？

这个念头太可怕了，他必须马上弄清楚。虽然有点喘不过气，但只能孤注一掷。

他笔直地站着，交握的双手好好地交握着，但他用右拇指指甲狠命地掐了一下左手的手心。

好疼！

是真的。

2021 年 2 月写毕，7 月改定

睡莲的香气

他拥有一个秘密。他相信中年人都有秘密，这些秘密，一部分阴暗，一部分忧伤，另一部分难免油腻。

而他的这个秘密，是例外。

因为一个很偶然的缘由，他和她在虚拟的世界里相遇了——就是因为这个女人，他才开始明白，所有涉及内心的相遇，表面上再怎么显得很偶然，实际上都是必然的，宿命的。

这种看似偶然、实际上必然的相遇，是波澜不惊的日常生活之下的暗流，让人激动，也让人暗暗有点心惊肉跳。但是他不想抗拒。作为一个从小学起就是好学生，一路考试从来没有作过弊，然后当了公务员的人，循规蹈矩了半辈子，谁会想抗拒呢？

过去，他以为美好的感情总是由"看见"开启的。一见倾心也好，日久生情也罢，都是要见面的，感情的对面，首先是一个形体一个轮廓，然后由视觉的感受启动一系列隐秘的心理感受和更隐秘的荷尔蒙分泌。美妙的感情，一开始来自于视觉。这好像是常识。

但是，现在他知道，美妙的感情，可以来自于说话，来自于倾听和被倾听。

最初的几个月，他们之间的聊天是一个存放心事的树洞，或者说是一个令人感到舒适的习惯，并非秘密。并不是说对方不重要，而是这种重要，是和现实生活平行的另一个空间里的，那个空间是一个页面，随时可以切换、关掉或者让它永远消失，因此没有现实的分量。

直到有一天，这个女人突然问——

> 普鲁斯特的《追忆似水年华》，现在出了新的译本，书名翻译成《追寻逝去的时光》了，你觉得哪一个书名好？

咔哒一声，他心里有一个暗锁突然开了。

他想起了在大学课堂上，外国文学作品选的那位女教授，给二十岁的他讲"玛德莱娜小点心"。那个平时相貌平平、打扮也不出众的女教授，那天花两节课来讲"玛德莱娜小点心"。

他记得他手上拿着女教授发下来的打印的节选，听那个女教授用一种做梦一样的声调朗读了那几个段落。在朗读的过程中女教授的声音微微颤抖，而且他听出来了，如果不是经过克制会颤抖得更厉害，同时，她五官平淡的脸庞渐渐亮起来，最后她美得令人瞠目结舌。

后来，工作以后，有一天他在网上找到了那几段——

往事也一样。我们想方设法追忆，总是枉费心机，绞尽脑汁都无济于事。它藏在脑海之外，非智力所能及；它隐蔽在某件我们意想不到的物体之中（藏匿在那件物体所给予我们的感觉之中），而那件东西我们在死亡之前能否遇到，则全凭偶然，说不定我们到死都碰不到。

这已经是很多很多年前的事了，除了同我上床睡觉有关的一些情节和环境外，贡布雷的其他往事对我来说早已化为乌有。可是有一年冬天，我回到家里，母亲见我冷成那样，便劝我喝点茶暖暖身子。而我平时是不喝茶的，所以我先说不喝，后来不知怎么又改变了主意。母亲让人拿来一块点心，是那种又矮又胖、名叫"玛德莱娜"的小点心,看来像是用扇贝壳那样的点心模子做的。那天天色阴沉,而且第二天也不见得会晴朗,我的心情很压抑,无意中舀了一勺茶送到嘴边。起先我已掰了一块"玛德莱娜"放进茶水准备泡软后食用。带着点心渣的那一勺茶碰到我的上腭,顿时使我浑身一震,我注意到我身上发生了非同小可的变化。一种舒坦的快感传遍全身,我感到超尘脱俗,却不知出自何因。我只觉得人生一世,荣辱得失都清淡如水,背时遭劫亦无甚大碍,所谓人生短促,不过是一时幻觉;那情形好比恋爱发生的作用,它以一种可贵的精神充实了我。

这时,大学教室的光线、氛围和一种伴随着雨声的闷湿感突然出现了,轻忽地缠绕了他一下,散开了。对,女教授讲"玛德莱娜小点心"的那天,正是江南梅雨季节,整个校园都浸泡在雨水和水雾中。

他接着往下读,希望刚刚离去的感觉再次出现。

这渺茫的回忆,这由同样的瞬间的吸引力从遥遥远方来到我的内心深处,触动、震撼和撩拨起来的往昔的瞬间，最终能不能浮升到我清醒的意识的表面，我不知道。现在我什么感觉都没有了，它不再往上升，也许又沉下去了；谁知道它还会不会再从混沌的黑暗中飘浮起来？我得十次、八次地再作努力，我得俯身寻问。懦怯总是让我们知难而退，避开丰功伟业的建树，如今它又劝我半途而废，劝我喝茶时干脆只想想今天的烦恼，只想想不难消受的明天的期望。

然而，回忆却突然出现了：那点心的滋味就是我在贡布雷时某一个星期天早晨吃到过的"玛德莱娜"的滋味（因为那天我在做弥撒前没有出门），我到莱奥妮姨妈的房内去请安，她把一块"玛德莱娜"小点心放到不知是茶叶泡的还是椴花泡的茶水中去浸过之后送给我吃。见到那种点心，我还想不起这件往事，等我尝到味道，往事才浮上心头；也许因为那种点心我常在点心盘中见过，并没有拿来尝尝，它们的形象早已与贡布雷的日日夜夜脱离，倒是与眼下的日子更关系密切；也许因为贡布雷的往事被抛却在记忆之外太久，已经陈迹依稀，影消形散；凡形状，一旦消褪或者一旦黯然，便失去足以与意识会合的扩张能力，连扇贝形的小点心也不例外，虽然它的模样丰满肥腴，令人垂涎，虽然点心的四周还有那么规整、那么一丝不苟的皱褶。但是气味和滋味却会在形销之后长期存在，即使人亡物毁，久远的往事了无陈迹，唯独气味和滋味虽说更脆弱却更有生命力；虽说更虚幻却更经久不散，更忠贞不矢，它们仍然对依稀往事寄托着回忆、期待和希望，它们以几乎无从辨认的蛛丝马迹，坚强不屈地支撑起整座回忆的巨厦。

虽然我当时并不知道——得等到以后才发现——为什么那件往事竟使我那么高兴，但是我一旦品出那点心的滋味同我的姨妈给我吃过的点心的滋味一样，她住过的那幢面临大街的灰楼便像舞台布景一样呈现在我的眼前，而且同另一幢面对花园的小楼贴在一起，那小楼是专为我的父母盖的，位于灰楼的后面（在这以前，我历历在目的只有父母的小楼）；随着灰楼而来的是城里的景象，从早到晚每时每刻的情状，午饭前他们让我去玩的那个广场，我奔走过的街巷以及晴天我们散步经过的地方。就像日本人爱玩的那种游戏一样：他们抓一把起先没有明显区别的碎纸片，扔进一只盛满清水的大碗里，碎纸片遇水之后便伸展开来，出现不同的轮廓，泛起不同的颜色，千姿百态，变成花，变成楼阁，变成人物，而且人物都五官可辨，须眉毕现；同样，那时我们家花园里的各色鲜花，还有斯万先生家花园里的姹紫嫣红，还有维福纳河塘里漂浮的睡莲，还有善良的村民和他们的小屋，还有教堂，还有贡布雷的一切和市镇周围的景物，全都显出形迹，并且逼真而实在，大街小巷和花园都从我的茶杯中脱颖而出。

可惜，那种大学教室的光线、氛围和梅雨天的闷湿感，没有再次出现。他还有点沮丧地意识到：他的感觉和当年女教授的应该颇有差距，他觉得这些文字像一个云雾笼罩的树林，里面藏着什么轻易不能发现的宝藏。上大学时根本没有读这部书，所以只是远远地觉得神秘，后来虽然打算进树林，但是云雾反而更浓了，整个树林更加神秘了。

没有想到有人会和他谈论普鲁斯特。这就像在云雾笼罩的树林里，突然遇到另一个人，她说她也是进来探险的一样。

带着这种伴随着怀旧情绪的惊喜，他和她讨论了两个书名的优劣，就在他心满意足地准备说再见的时候，她问："你们老师当年有没有说到 Proustian Effect？"

他飞快地用翻译软件查了一下，确定是"普鲁斯特效应",他回答:"没有。"

"是指只要接触到曾经接触过的气味和滋味,就会开启当时的记忆。"

"这样啊。"他在这三个字后面竖起了三个大拇指。

"维福纳河塘里漂浮的睡莲"这几个字里面,好像有什么"开启"他的东西。

他后来想出来了,是睡莲。小时候,有一次父母带他去旅行,那时候,几乎还没有谁家里有私家车,他们是坐火车出门的,从人头攒动的新客站上车,到了一个人不那么多的火车站,下去了,又坐了一会儿公共汽车。他们也许迷路了,好像要去看一条江,却到了一个很多树的地方,走着走着,眼前出现一个圆形的水面,在那个水面上,出现了他人生的第一片睡莲。

无数绿色的、精美的叶片,覆盖了水面,睡莲花在它们上面露出面庞。睡莲有淡黄色的、白色的、粉红色的,还有几朵,像他吃过的葡萄一样的颜色,那是他第一次见到那样的事物:华贵、精致、优美,闪闪发光。而且,除了美,显然没有别的用处。不像他用的塑料杯子,上面贴着卡通图案,虽然也挺好看的(好吧,其实他当初就觉得不好看，但是因为大人觉得他应该觉得好看，他不好意思反驳），但是那个塑料杯子主要是用来刷牙的。而睡莲花，他一看就知道，它们就是好看，不是让人用的，甚至，和人没有关系。

而那天袭击他的，不仅是这种强烈的美，还有一种奇特的、非日常的香味，淡淡的，但是非常好闻，任何人一闻到，就知道是从来没有闻到过的气味，它不可能和过去闻到过的任何一种气味混淆或者接近，日常生活里是不可能有什么东西会发出这种气味的。那种香气是那样洁净，又那样不确定，专心去闻，它又不明显了，你以为自己是错觉、准备放弃的时候，它又劈头盖脑地把人裹在里面。

那天，直到回到上海，他都觉得身上、头发上都是那种奇异的香气。

"妈妈，你闻，我身上还有睡莲的香气。"那天晚上洗澡前，他说。

但是爸爸说："戆小人，哪有什么香气？荷花又不香的！"

他很生气，刚要反驳，幸亏妈妈笑着说："什么荷花，那是睡莲。"

爸爸说："睡莲就睡莲，和荷花也差不多啊，反正都不

睡莲的香气

香的,从来没有听说过睡莲是香的。"

后来,学校组织到公园,他都会留心,春天和夏天,也会看到睡莲,但是都不香的。奇怪。是品种不一样,还是睡莲一到城市里就有压力,所以就不香了呢?

初中的时候,问父母,那次是在哪里看到睡莲,他们居然说不清楚了。一个说一个地方,一个说不是,但是又说不出来是哪里,最后还争了起来,他只好放弃了。他当时就不知道是去哪里,没有问过地名——小孩子对地名通常也记不住,只是跟着父母,但是心里坚信父母是知道的,而且会一辈子随时可以告诉自己,结果却是这样。他觉得父母辜负了自己的信任,心里非常生气和恼恨,但是知道说了也没有用,还会让父母嘲笑——大人总是这样,想讲道理的时候就一二三四振振有词,不想讲道理的时候就反过来嘲笑孩子。他明智地忍了下来。

后来就长大了。长大就是这样的过程,知道什么该忍,而且——明智地忍下来。

那片睡莲就这样丢失了。

而这个女人,网名叫做"睡莲"。

那片睡莲似乎又在远处出现了,他又闻到了那种香气,很淡，很清，幽微，但是迷人。

他问她，你为什么叫睡莲？

她说：希望像睡莲那么美。

他说：你喜欢睡莲？

她反问：难道有人不喜欢？

他说：很多人搞不清睡莲和荷花的区别。

她说：就是就是。这种人很多，他们往往也分不清腊梅和梅花。在朋友圈和网上经常看到，明明图片是腊梅，文字说明是：梅花好香啊！有时候明明是睡莲，贴在水面上的，还说什么"出水芙蓉"，真是气死人。

他说：不能同意更多。

然后他说：对了，睡莲有香气吗？

她好像忙别的什么去了，过了一会儿才回答：这个问题，比较复杂，一下子说不清楚。

后来她就提起了普鲁斯特，好像就是从谈普鲁斯特开始，渐渐地，他们便到了每天互相道早安和晚安的地步，这时候，他觉得自己有秘密了。

他们都觉得远远没有读懂这本书，或者说根本读不完，所以完全松弛，只是有一搭没一搭地聊了一些非常细微的地方:拉贝玛的演出,有日场的,"日场"两个字用另一种字体,在强调什么?冻汁牛肉配胡萝卜,真的好吃吗?斯万夫人客厅里的绸面踏脚凳是什么形状的?……

她说:《在少女花影下》,这个题目翻译得真好。

他说:是啊,像水彩画,很多鲜艳的颜色,但是都很柔和很雅致。

她说:像个梦境。

他说:家族还兴盛,主角也还年轻,所以一切都有一层光泽。

她说:对,光泽。还有颜色,似乎一切都是粉红色的。

他说:嗯,不是那么确定。有粉红色、淡紫色、淡黄色、天青色,都是好看的颜色,而且都很柔和,所以放在一起,特别好看。

她说:对,对,对。就是这种感觉。

他说:还有光影。还不停地变幻。就是因为那种光影的感觉,所以那么繁琐的描写始终很轻盈。

她说:对,少女的脸上、夫人的衣裙上、"我"的卧室里、树叶缝隙里看到的大海,都有光影,光影在变化。难怪我读的时候总有点眼花缭乱的,这就是传说中的"眩目"啊。

他说:有光,很高级。有点像印象派的画,越是想看清楚,越是看不清楚，随便看一眼，倒好像全部看清楚了。

她说：印象派！喜欢！你呢？

他说：也喜欢。

她说：上次印象派画展，你去看了，对吗？

他说：没有。开头是人多，最后几天我正好出差。（他发了一个捂脸的表情。）

她说：鄙视。你喜欢的画都送到你家门口了，你还不去，你得懒成什么样子？

他说：下次，一定去，第一天就去排队。

他很高兴有人督促他去排队看画展。

他突然说：有些很美妙的东西，大概永远不会属于谁，也不会为任何人停留，一辈子，能遇到，看上一眼，就可以了。

她说：听上去很伤感。

他说：人生就是不断地失去，是伤感。

她说：失去了，可以再找到吗？

他说：不知道。因为有些东西好像一开始也不是被找到的。

她说：你是个浪漫的人。

他说：我不是，但是第一次被这样说，开心。

他喜欢和她聊天时的自己。

大多数时候，他们不在普鲁斯特的树林里游荡，而是在上班族的日常里。

有时候，早上一开手机，就会看到她给他发来的脱口秀版的天气预报：

魔都开启雨水模式，今天起三天出门都要带伞

今天阴转阵雨，最高气温30度，明天、后天，均有小到中雨，出门一定要带好雨具，小心地面湿滑。这几天这么闷热，又雨下个不停，是不是入梅了？小编在此代替专家宣布：差也差不多了，如果雨下到周末，格么本市大约摸就算正式入梅了。

转眼到了年底——

冷空气发货到沪，气温降至一度左右

阳光本年度存量不足啦～～

今天阴有雨，局部地区雨量中等，8到10度。明天转阴到多云。受北方不断南下的冷空气影响，本周气温连续偏低，预计后天最低气温降至一度左右，郊

区最低气温在冰点附近，天气寒冷，请注意防寒保暖哦，具体来讲，就是棉毛衫棉毛裤羊绒衫羽绒衫……筒子们好统统穿起来了，不要再顽抗了！

不管天气如何，他总是微笑起来。

到单位了，他们会互相说一下路上有没有遇上堵车，堵了多久；午餐的时候，他们会互相说一声今天吃的是什么，好不好吃；下午五点到六点之间，他们会说一声："下班了！"或者"今天事情多，要加班了！"再加上一个"加油"或者几个"泪流满面"的表情。

据说男女来往是三个境界：动心，动情，成为习惯。他们好像跨越了前两个阶段，直接就成为了习惯。

中间偶尔也会有心荡一下的时候。一天，正在聊着，她没头没脑地来了一句：借我五百块。在买东西，钱不够。

他愣住了。想了一分钟，还是转账过去了五百块。他心想：如果这就是传说中的那种低级骗局，他也不忍心拒绝。都快一年了，这么一天一天的陪伴，才要五百块，实在不多。如果钱转过去，对方就消失了，也只是五百块而已，只当他们见了面，他请她吃了一顿饭吧。况且，如果她不是那种人，自己就拒绝了，不是暴露了自己的猜疑？以后还怎

睡莲的香气　　151

么来往呢？想到平时的相投，五百块就试出来真假，不要说对对方不好意思，简直是对自己都不好交代了。这种时候，是男人，就没有选择。

当手机屏幕上显示"已收钱"，他还是叹了一口气。

第二天，她转账过来了，五百块。他心里一宽，不是在乎区区五百块，而是确认自己没有看错人。

他收了钱，然后说："这么快就还了，怕我收利息吗？"

她回答了三个咧嘴大笑表情。

他也笑了。但马上又想：会不会是传说中的那种骗局，先借小金额的钱，每次都有借有还，温水煮青蛙，等你完全失去戒备心了，来一个狮子大开口，狠狠借一笔，然后就消失，死生不复相见了？他又不开心起来了。昨天下决心用五百块来赌的这一把，自己到底是输了，还是赢了？

当然，他是不会借钱给陌生人的。不要借钱给亲戚朋友，这是他从小接受的家庭教育。母亲说：借出去，钱丢了还不要紧，关系也早晚弄坏掉。父亲则说：如果是朋友遇到难处，就一次性给一个自己能承受的数目，就是纯粹给他，不要指望对方来还。这个数目，他后来定位五千块。但是没有见过面的人，只能是五百块。所以，无论这是一个什么级别的骗子，无论这样操作多少次，五百块，就是能从他这里骗走的最大数字了。

能怎么样呢？最多就是五百块，每天这样聊聊天，感觉有人陪，可能的损失，上限就是五百块，这还有什么好纠结的？他安心了。

此后，她的天气预报照旧，每天工作进展、心情照旧，每天晚安也照旧，聊天也照旧。

没有再借钱，甚至连和钱沾边的话题，比如年收，比如购物，都没有提起过。有一次。反倒是他，在她加班到晚上十点之后，忍不住说了一句："你这么辛苦！"

她回答："辛苦有钱赚的呀。"

"好看的人，应该有人好好养起来，不要在职场辛苦。"

"最好的格局是：两个人谁都养得起对方，但是都不需要对方养。"她回答得心平气和。

"你的理想实现了吗？"他问。

"没有。"

他回答："所以啊。"

"不着急。对我来说，结婚不是必须的。"她回答，加一个坏笑的表情。

毫无隐藏，毫无遮掩，毫无暗示，连一点点多愁善感都没有。

说话其实还是有很多种的。有的是话到嘴边最后一刻再忍住，让人提心吊胆，甚至比直接说出来还吓人；有的是话的后面还藏着话，不说出来，但是藤后面还挂着许多叶子，说不定还牵着一个个大瓜；还有的，意思是这么多，就说了这么多，再也没有别的了。她说话就是这样，说了这么多，就是这么多。

她似乎和他一样，就是享受这样有一搭没一搭的聊天。温情脉脉，没有任何实际意义，有话直说，没有任何负担。这太好了。

她的新头像是一个年轻女子骑马的背影，全套骑马装，戴着头盔，身材苗条，身姿挺拔，是他最喜欢的又秀气又有力量的那种类型。其实，他原来不知道自己最喜欢什么类型，但是现在知道了。

他问：你骑马？

她回答：在一个马术俱乐部上过课，现在一般每个月去一次。

她自己补充：学的是英式。

他不懂英式，也不知道其他还有什么式。但是听了觉得精神一振，这个叫睡莲的女子，不但读普鲁斯特，还会骑马，学的是英式马术。这真是很不一样。

那个马术俱乐部，在哪里呢？他问。

她说了，在上海的一个郊区。记得那个郊区，他小时候春游或者秋游去过，此后大概有二十多年没有去过了，那些他和小伙伴挖过红薯的农田，也许就是现在的马场了吧。

她去那么远的郊区，肯定是自己开车去的。

有很不错的年收，单身，也不在乎结不结婚，读普鲁斯特，会骑马，却这样愿意和一个陌生男人聊天——毫无目的。也许是为了消磨时间？也许不喜欢和身边的人来往？

这样的女人，大概只能出在上海。没有根据，但他就是这样觉得。

上海真是个不错的城市，他想。

就这样，三年过去了。

他说："上次看你的朋友圈，那个餐厅我也去过。"

她说："说不定哪一天就遇见了呢。"

"遇见的话，会认得出来吗？"

"会，一定会。"

他从来不说要见面，不敢说。一方面，怕她不是自己想象的样子，见光死，那太没意思了；另一方面，怕她是自己想象的样子，甚至更好，那么自己的平静生活还能继续下去吗？

当然，有些人会说，这和日常生活没关系啊。可是，和内心有关系。他知道，和内心有关系的事情都是大事情。如果不是有绝对把握，还是不要随便冒险的好。

大多数时候他不想见面，他喜欢这样的来往方式，随时随地，没有成本，没有风险，不会有不必要的情绪波动，没有任何心理成本，更不会冒任何破坏或者摧毁的风险。

但是，他又担心自己在错过什么。要是哪一天，如果她手一滑把自己拉黑了，她就会在他的世界里消失得无影无踪，那样一想，还是有一点可怕的。

如果能见面，就不一样了。早晚，还是得见个面。

工作最没有什么可说的。

睡莲曾经问过：你为什么选这个工作？

他很感激她问了这个问题，因为没有人问过。就像女儿一出生就在上海的徐汇区，出了国际妇婴保健院，出租车一个起步费就到了家，所以女儿永远觉得他就是一个在上海的徐汇区、给她提供一个家的人，而妻子，当初就是嫁给一个生在上海、长在上海、相貌端正、工作稳定的人。在她们眼里，他和家里的屋顶一样天经地义，也和家里的屋顶一样被无视。

有时候，单位里被上司数落了，和同事不开心了，或者加班回来累了，他会觉得自己像长在阳台上的一棵树，有他更好，没有也不要紧，至于树的需要、树的心情，谁知道呢？树怎么可以闹情绪、提要求呢？对吧。

何况他回到家，永远都看到妻子在厨房里忙碌，女儿在自己房间的灯下趴着写作业，他没有时间没有道理去想：当初为什么选这个工作？还可以有其他的选择吗？他的选择只剩下一个：对女儿说声"不要吃那么多零食，等下吃不下饭啦！"然后走进厨房，对因为紧张总是显得有些气急败坏的妻子说："我回来了，我们一起来。"妻子经常头也不抬地说："你把洗好的菜切一切。"或者说："要死了，今天的鱼怎么这么腥气？不好清蒸，要么红烧算了。"或者说："家长群里老师又发调头了，说这趟考试没有考到前十五名的人，家长要在家抓一抓，责任又交给家长了伊讲，哪能讲得出哦。"

对待所有指令，他回答："好的呀。"对待所有的吐槽，他大多数回答："就是讲。"有些时候不说什么，因为觉得妻子说得不太对，或者实在太累了，就将切好了的菜递过去代替回答。

油烟、菜下锅的碎爆声、两个天然气灶上蒸腾起来的雾气、各种浓油赤酱的香味和在这一切缭绕之中手脚飞快的妻子，趴在桌子上做作业、永远噘着嘴的女儿，构成了他家庭生活的永远不变的背景。说是背景，其实也许就是主要内容。这一切没有什么不好。

但是，终于有人问这棵树了：你为什么站在这里？

为什么呢？其实，他也不知道。

尽力回到事情的开头，开头在哪里呢？他模糊的记忆是幼儿园大班，排着队洗手，排着队领装着午餐的塑料托盘，爸爸妈妈问过他好几次：你们吃得好不好？他回答不出来。因为不知道什么叫好，什么叫不好。爸爸还好，妈妈就说：这个小人哪能有点戆嗒嗒？吃了什么也不知道。他心里想：吃了什么，我知道呀，是土豆豌豆色拉，红烧大排，还有饭呀，你又没有问啰。他从小就发现大人有时候有点奇怪的。

然后就上了离家不远的小学，他是所谓的地块生，就是根据户口自然划分进对口小学的那种老实孩子。然后上了初中。他在初三开始，功课进入了班级的前十名，父母对他的日常对话，从"赶快做功课去！"变成了"你应该休息一会儿了！""还不睡觉啊？十二点了！"然后考高中，考上了市重点，然后是暗无天日的三年，其中每一天的日子都没有自己的脸，没有自己的色彩和温度，只有一个共同的名字，叫作"准备高考"。高考的时候，他的分数比自己和老师预计的少了几分，幸亏影响不大，还是进了目标中的大学。

　　大学里轻松一些，然后发现自己是人海茫茫中特别没有存在感的人，个子不高不矮，不胖不瘦，长得谈不上帅也不算差，可怕的是，这时候他发现，自己过去的十八年人生，就是活在一条传送带上，现在这条传送带将他送进了大学，然后他发现自己并不知道自己将来怎么办。有人说：好后悔上了这个专业！当初真应该选我自己喜欢的那个专业！又有人问他：你喜欢这个专业吗？他都用微笑来掩饰内心的慌张。他没有选过，没有喜欢和不喜欢，所以既没有庆幸，也没有后悔。他考大学，就像一场很公平的交易，他将自己手里积蓄了十八年的钱统统掏出来，买一个他买得起的比较好的学校和专业。更好的，他买不起；略微差一点的，他就会浪费自己千辛万苦得来的考分，就吃亏了。所以当他进了这个名字响亮的大学，这个很多人都觉得听上去不好对付、似乎很热门的专业，他和父母都觉得很愉快地成交了。

睡莲的香气　　159

如果这不是一场交易呢？如果这是一次人生的选择呢？他慌张了。他选过吗？怎么那个可以选的时刻已经过去了呢？

于是，本科毕业之后，虽然他的同学有三分之一考了研究生，三分之一出国留学，但是他决定工作。这是一个表面顺利、心里慌张的人的决定；至少我要知道我能不能养活我自己，然后再说那些兴趣啊、天赋啊、志向和梦想的事情。

现在想起来，这是他人生自己决定的第一件事，但是似乎也充满了逃跑的味道。

逃跑的路不可能顺利。三年之内他换了好几个工作，从外资公司到中学教师，然后都完全找不到感觉，始终有一种两脚离地的感觉。最后，一辈子坐办公室的父亲说：要不，你去考公务员吧。妈妈也说：不知道你要折腾到几时，不如当公务员稳定，反正考试你是不怕的。他啼笑皆非。似乎是这样的，只要有明确要求、明确标准的事情，他都可以轻松过关，或者胜出，就是不要让他面对茫无边际的问题。果然，公务员考试，他又通过了。然后就开始了忙忙碌碌但是每天有指令、每星期有目标的生活，于是过上了稳定的生活。

然后就遇到了妻子，当时他二十七，她二十五，谈了三年的恋爱，连父母都开始催了："你到底想干什么？"没法再拖了，也没法再等了，他只好控制住内心的慌张，结了婚。结婚的时候，妻子说，他们正好是上海平均的结婚年龄：男的三十，女的二十八。岳父说："三十而立，这时候结婚好。"岳母带着一点惊叹地说："大城市，现在结婚都这么晚，真是的。"他心里想的正相反：还是有点早，好吧，根本是太早了。可是，都三十了，结婚好像也应该。他一向在应该做什么的年龄就做什么，不觉得不好，也不觉得好。结婚的时候，心里最大的感触是：怎么就三十了呢？事业上不能"立"，那就先成个家吧，让父母高兴高兴，再说，眼前这一个女孩子，各方面都是他能找到的最好的了，所有人这样暗示他，他自己也承认。那么，也没什么理由不结婚，于是就结婚了。

婚后，他没有失望，也许是妻子各方面都挺不错，而且是一个适合用来组成家庭的女子；也许是他对婚姻本身也没有什么期望。这也是一场考试，绝大多数人都要考的，他知道像他这种人是躲不过去，于是他就无可奈何又诚心诚意地参加了，然后阶段性的成绩还过得去，他和妻子应该会为了后面的成绩而共同努力下去。

从读书到一路升学到结婚生孩子，别人看见他的诚心

睡莲的香气

诚意，他自己知道心里的无可奈何。

工作是不可选择的，他很清楚；家庭是不可选择的，他也很清楚。要不要谈论普鲁斯特或者睡莲，是有选择的。所以，他要找个人谈谈。不管有没有意义，至少这件事，是他自己选的。千真万确，他自己想这么做。

他想随时随地，没有目的，不计后果，说说心里话。

况且，睡莲见多识广，知情识趣，而且对他有兴趣——从小到大，为什么他总觉得父母、老师、同学、同事，都对他没有兴趣呢？睡莲对他有兴趣，她愿意听他说话，和他聊天，不为什么，就是因为他这个人有意思，他谈的每件事有意思。从来没有人这样对待过他。

当然，这是个女人，而且长得好看。他没有见过她，但是聊得多了，就是会知道。

要这样的女子，才配叫"睡莲"。

有一天晚上，他在出差的宾馆里失眠了，快一点了，发现睡莲也没睡，两个人又聊了一会儿，他终于谈起了那次童年的旅行，以及睡莲的香气。

她说：父母带小孩子，其实很辛苦，不是放松的旅行，所以记不清地方也很正常。

这样一句话，由她说出来，他听了就会舒坦，而且心里对父母的那股子不满顿时烟消云散。

"你知道睡莲到底有香味吗？"他问。

"睡莲有很多种，有的没有香味，我见过一种紫色的，有香味，还挺浓郁。"

他有点失望："那不是我见过的，我当时见到的是白色的、淡黄色和粉红色的，也有几朵紫红色的，香气很淡，很好闻。"

"怎么好闻？你形容一下。"她说。

"无法形容。就是忘不了。"他说。

过了几天，她给他发来了一些图片——

一种粉红色的睡莲，说明是："玛丽亚西亚玫瑰，1887年培育出来的古典品种，娇美怡情的香气。"

另一种较深的粉红睡莲，"拉德克里丁香，1839年培育出来的古典品种，如甜茶一样的香气。"

一种黄色的睡莲，说明是："柠檬胧霾，1997年培育出来的，强烈的柠檬香气。"

一种白色睡莲，说明是："内心之光，1997年培育出来的，大花耐寒睡莲，强香。"

……

她说："在网上找到了这些，和你描述的比较相近的，你看看。"

当时网有点卡,当他看到睡莲照片一格一格地打开时,他呆住了。虽然这不是他童年时遇到的睡莲,直到现在,他才发现当时那一片睡莲他一朵也没有看清楚,因此永远不可能判断出它们分别是什么品种,但是,有人因为他随口的一句话,就这样认真地去找了这么多睡莲来放在他面前,他完全没有想到,一下子他承受不了,几乎想哭。

"另外,我也发现上海的睡莲都不香,我问了行家,说上海、江苏、浙江、安徽都这样,可能和气候有关系,这些地方冬天太冷,所以睡莲就统统不香了。你说,会不会和空气质量有关系?……"

她还在认真地说着这些听上去有点荒唐的事情,他已经确定,这个女子,他想和她见一面。不论是哪一个品种,有没有香气,这一朵睡莲,他想靠近,看个清楚。

"莫奈的池塘",作为咖啡馆的名字真是好听。不但好听,还充满了印象派的色彩和光影变幻的暗示。

他和睡莲约在这里见面,真是绝妙的选择。"莫奈的池塘"里,当然漂着盛开的睡莲。

他没有开车去,而是坐地铁去的。重要的安排,坐地铁最可靠，这是他的经验。到了以后，他根据手机导航找到了"莫奈的池塘"，还有一个小时十分钟，他看了看对面，发现有一家比萨店，就进了那家，点了一杯美式咖啡，一边喝一边等。这一点，他几乎不用思考。他不愿意在"莫奈的池塘"里面等，而愿意在对面看着，绝不可能迟到，也不必暴露在睡莲突如其来的视线里，那样，会让他紧张。终于可以见面了，他突然觉得，三年多来，他其实一直在为见面做准备，当睡莲同意见面的那一刻，他确信自己准备好了。然后，到了今天，到了马上要见面的前一小时，他又觉得自己没有准备好，根本没有。所以，他要等睡莲出现，看看她是什么样子的，然后才知道以什么姿势和表情朝她走过去。

他坐在比萨店，面前用来装样子的美式咖啡已经冷了。他肯定，睡莲会在约定时间之前的十分钟到达，她会先进一下洗手间，照一照镜子，整理一下头发，补一下口红，然后走出来，开始用眼睛寻找，寻找一个男人，这个男人和她已经很熟悉，但从来没有见过面，他面前会放一本《追寻逝去的时光》，而且是第二卷《在少女花影下》，而她带来的，应该是第一卷《去斯万家那边》。

还有十五分钟。

过来了一个女人，站在咖啡馆门口看了一下立在门口的菜单,大概四十多岁,发胖了,虽然很努力地穿了十公分的细高跟,还是圆乎乎的,而且整个人和地面的关系过于亲密,这不可能是她。

过来了一个年轻人,大概三十岁左右,穿了一件双面呢的短大衣,敞着,一路弹动着走过来,毫不犹疑地推开门进去了。一看就是约了女朋友的。

又过来一个女孩子,大概连二十岁都不到,戴着一个毛茸茸的耳机,穿了一件牛仔夹克,却配了一条金色的有荧光层的裙子,这样的人不会叫睡莲,最多叫郁金香。郁金香进去了。

终于,一个那样的女子出现了。她很苗条,简直太瘦了一点,但是身材停匀而有弹性,是经常运动或者旅行的样子,她的脸很小,五官细巧,但是眉宇之间有一股落落大方甚至是不在乎。看不出年龄。事实上,他也不知道她的年龄,他也不太想打听,因为她的好是没有年龄的,所以她的人自然也没有年龄。眼前这个女子,就是这样的,闪闪发光,没有年龄。

那个女子进去了,在靠窗的位置坐了下来。他起身穿过窄窄的小马路,这条小马路,他只要五步就可以穿过去,但是就在他走到第三步的时候,他突然想:要是电影,这个时候很可能会有一辆巨大的卡车冲过来,把他撞死,咖啡馆内那个女主角会失神地站起来,然后音乐响起,断人肝肠。他惊觉地看了一眼,没有车,更不要说什么巨大的卡车。于是他顺利地跨过了小马路,他到了咖啡馆的门口,突然又抬头看一下招牌,"莫奈的池塘",没错,于是他推开了咖啡馆的门。

他来到那个女子的桌子旁。他微笑,但他的微笑还没有成形就僵死了。她的桌子上,什么都没有。而且她看向他的眼光,是望向陌生人的表情,微笑中带着疑问和戒备——不愿意被打扰的戒备,她的眼光在问:"您有什么事?"

不是她。不会是。约了人的人不会露出这个表情。

咖啡馆不大,除了刚才他看着走进来的几个人,只有一个坐在角落里的老太太。他突然心里一沉:难道,会是那个老太太?他居高临下看得很清楚,她的面前,除了一杯咖啡,和一碟蛋糕,什么都没有。蛋糕是栗子蛋糕。连这个都能看清楚,不可能错过一本精装本的书。所以,不是她,谢天谢地。

这时候他意识到她可能还没有到,反正他都进来了,只能在这里等她了,于是他向吧台走过去,想点一杯咖啡,坐下来等。

睡莲的香气　167

他对微笑的店员说"一杯拿铁"的同时,他看到了。一本书,精装本,淡青色封面。不用辨认上面的字,他也知道那是《追寻逝去的时光》,第一卷,《去斯万家那边》。那个三十岁左右的男人,一只手举着它,另一只手抽出桌上立式纸巾座里面的纸巾,把面前的桌子擦了擦,然后把书放在了面前。

店员温和地问:"标杯还是大杯?"

他反应过来了,说:"对不起,我接个电话。"然后他把手机举起来,挡住了自己的一侧脸,匆匆地出了咖啡店,朝着小伙子脸对着的反方向大步走开了。

到家以后,他先去洗澡,在浴室里待了很久。

妻子觉得奇怪,正要去敲门,门开了,他走了出来。

妻子说:"累了?"

他说:"累。"

"单位里事情顺利吗?"

"顺利。你呢?"

"我今天不忙,下午没事情,溜出去做了头发,你看我这个发型怎么样?"妻子问。

他看了看,说:"嗯,发梢这样有一点碎碎的翻翘,蛮灵的。"

当然不会说不好看，也不该泛泛地说"你怎么都挺好看的"，那样显得太敷衍，要能够在每次并不明显的变化中找出那一点点变化，表示对妻子花在这方面的心思、时间和钱的认可，这些地方，上海的男人很少会犯错误。

妻子满意地笑了起来，她喜欢丈夫和她这么认真地讨论发型。

那天就那样过去了。

他后来注意到，家里经常有花。妻子从网上下单买来的。许多都是他不认识的。问妻子，有的她说得出来，有的她也说不出来，就用一个识别花卉的软件查，然后告诉他。

"我是什么花都喜欢的。你喜欢什么花？"妻子问。

"睡莲。"

"是吧？没听你讲起过。那我下次也买买睡莲。"

"睡莲的香味特别好闻。不过，听说现在上海的睡莲都不香了。"一口气说出来，心里舒服多了。

"不香么就不香好了，没有香气的睡莲也是睡莲呀。"妻子不假思索地说。

"也是。"他长长地呼了一口气，接近叹息，又有点像如释重负。

觅食记

生存还是毁灭,这是一个问题。午餐吃还是不吃,这不是一个问题。

但午餐怎么吃,对都市里的上班族来说,是一个问题。

幸亏凡事在一定范围内都有选择,这是城市给人的最大好处。大致有五个办法。

第一种,吃食堂。这一种方式的好处很明显:省时间,吃得卫生安全,省钱——有的是免费的午餐,凭餐券提供固定餐食,有的是用就餐卡之类的内部支付方式,用比较优惠的价格在每日更换的菜品内挑选。主要缺点很明显:要排队。如果为了避开排队高峰,十二点半再去,就没有什么好菜了,而且菜都凉了。还有,吃食堂的时间长了,会腻,是那种深刻的腻——想起来都会打一个寒战的腻法。

有人讨厌食堂的气味,食堂的空气中有一种浓淡不一的油脂氧化之后的味道，上海人叫做"油蒿气"。还有人讨厌食堂的声响，人群中嗡嗡嗡的说话声，像一群马蜂正在朝自己飞来；或者是金属托盘碰撞出的声音，那种声音会让整个空间都带上金属的冰凉。

当然，有些人没有这么多讲究，他们不吃食堂的原因是釜底抽薪式的：单位或者公司没有食堂。

第二种，叫外卖。早些年是拿着一张菜单，打电话过去点餐，这几年各种外卖平台、美食 App 盛行起来，都改成了无声无息地在手机上戳几下，最后一下总是"需要餐具"或"不需要餐具"，然后就搞定了。午餐时间，无数写字楼入口，许多人像地下党一样对着暗号——"张先生？""是我。"或者——"是卤肉套餐？""对。拿好。"都是叫外卖的。

叫外卖的好处是自由，有很多选择，丰俭随意，而且节省时间，拿了快递回到某个适合吃饭的座位，很香甜地吃完，二十分钟足矣。如果吃饭的地方是公司的茶水间，顺便用胶囊机再来一杯咖啡，也就是三十分钟的事情，一气呵成，而且下午也精神了。所以叫外卖是忙碌时节的最优选。

但是呢？对，城市人都知道，凡事都有"但是"。但是，有一些不可掌控的变数。比如，饭菜和美食 App 上的图片相差甚大，有点像服装卖家秀和买家秀的差别，让人胸闷；又比如，送来的时间有长有短，有时候肚子饿得咕咕叫，手机上显示骑手刚刚在店家取货，有时候自以为运筹帷幄，叫完外卖还要忙一会儿，谁知道快递飞快地就到了，疯狂地打你手机催你下楼……还有，毕竟不知道店家用的是什么油什么食材，所以外卖叫多了，心里也会不踏实。

第三种，饭搭子模式。就是固定人，方式和地点都不定。三两个同事或者三四个朋友固定一起吃饭。上海话，在一起打麻将的叫麻将搭子，一起吃饭的自然就叫饭搭子。饭搭子的重点在这几个人同进退，每次都有聚餐气氛，吃什么的重要性退居其次，可能吃食堂、吃附近的餐厅、吃刚发现的某一家新店……一切皆有可能。结账方式有当场AA，也有轮流做东。

饭搭子一般不会超过四个人。一方面人多了说话不方便，另一方面这里面隐藏着一个经济学原理：很多餐厅的火车座或者小桌子，只能坐四个人，出租车最多也只能坐四个人，所以饭搭子当然也控制在四个人之内是最合理的了。这些地方，上海的上班族都不用动脑子，用膝盖都能做出正确选择，而且不论平时为人处世风格如何，在这些地方都会有润滑到轻盈的默契。

第四种，比较小众，是自己做饭盒。做好饭盒，带到公司，要吃的时候微波炉一叮就好。自己亲手做，或者家里人帮忙做，又安全又健康又美味又省心又省时间。选择带饭盒的情况也各种各样：一些对生活品质有很高要求，吃有机蔬菜和固定品牌橄榄油、野茶油、核桃油的人，正在按照减肥日程表严格计算卡路里的人，正在操练厨艺的人，当然也有因为还房贷、生孩子而手头和心理都紧张的人……缺点，时间和厨艺缺一不可，因此很难坚持。所以这一路的人数始终不算多。也因此家家都有一到三个好看的便当盒，放在厨房厨柜的角落里。

第五种，就是独行侠了。一个人出去觅食。这种方式的好处很明显：其一曰自由。想去哪家就去哪家，中途随时改主意也不用和别人商量。其二曰过瘾。理论上可以吃遍周围的美食——虽然有的地方太贵，有的地方排队时间太长，这些都只能排除在工作日午餐之外，不过，即使打了这样的折扣，事实上仍能吃到比食堂更丰富更美味的东西。其三曰放松。暂时脱离工作氛围，顺便透透气，餐后散个步，一气呵成。遇到同事和上司的概率也很小，即使遇到，也只是两个消费者在外面相遇，一般会自觉地坐得远远的，互不干扰。

明显的缺点是：还是比较贵。如果不吃那些优惠的单人套餐的话，肯定比吃食堂贵。比较隐蔽的缺点则是，没法交流即时感受。比如，一口"本日例汤"入口，想说一句："这家真是业界良心！老火炖足了时间，而且真的不放味精。"但是对面是一个陌生的头顶，这话就只能卡在喉咙里。独行侠喜欢一个人，所以孤独对他们来说也算是求仁得仁，但是有时候这份"仁"来得太扎实了，也是需要消化一下的。

许多时候，都市里的人就是这样，一边顽强地社交恐惧，一边孤独得要死。也许，所谓的喜欢独自一个人，不过是在机场苦苦等候一条船，等着太久了，以至于相信自己真的是在等飞机，只是等的航班迟迟没有召唤登机而已。

在茶餐厅、速食店、美食广场、咖啡店、比萨店，你会看到许多单独觅食的人，个个打扮得整整齐齐，眉眼是眉眼，身材是身材，一个人吃饭，吃得津津有味，似乎生怕被打扰。你问我里面有多少是在机场等船的人？我会说：你猜。他们不喜欢被人看破，所以，不宜判断，只适合猜，远远地，礼貌地。

苏允沛到了公司隔壁的 H 广场的 B1 层。这一层都是餐饮，但不是那种排档式的，而是一家一家独立开店的。

有五家中式餐厅，有两家咖啡店，两家西式快餐店：一家是汉堡，一家是比萨和意面。

五家餐厅里面，最大的是一家茶餐厅叫"粒粒米"。这种店一门心思做上班族午餐生意，因此从星期一到星期五，每天都有"本日明星套餐"，而且每天五种，五选一，味道不错，分量足，上餐快，价格呢，从18元8角到38元8角，也是这一带上班的人乐意接受的。如果不想吃套餐，还有各式面、粉、粥、云吞、三明治。喝的也从竹蔗茅根水、薏米水到港式奶茶、咖啡、花果茶样样俱全，吃了饭可以再喝一杯东西，顺便休息十几二十分钟，然后走回公司，正好消化得差不多，饭后的困也混过去了。这种地方当然人多，十二点到一点半，座位总是满的，热气腾腾，人声鼎沸。

苏允沛喜欢这里。她一直一个人吃饭，一方面因为男朋友在外地，没有人可以一起吃午餐，另一方面，天生一张笑模样的她其实是轻度社交恐惧症，不太愿意和同事交朋友，更不愿意边吃边聊天，吃饭的时候，她只想自己安安静静地享受"吃饭"这件事。一个人吃饭自在，而且在热气腾腾的热闹中，谁都不注意谁，一个人也不显眼，让她觉得很安心。

这种地方吃饭还有一个乐趣，经常可以近距离听到很多有趣的对话。比如有一次，她隔壁桌子的两个人，应该是男女同事，女的抱怨男朋友说："他说钱都交给他妈妈了，其实就是他自己小气。不过他这个人一点都不花心的。"男的说："妈宝，小气，这种男人根本没有人要，怎么花心得起来？他当然只有不花心一条出路。"苏允沛不能当场笑出来，只是腹部轻微地抽动了几下，但一顿饭吃完，心情好很多。

今天是星期二，"本日明星套餐"里面有苏允沛喜欢的萝卜牛筋腩套餐。

这个套餐是这样的：主菜是红烧牛筋牛腩和萝卜，很入味，很烂。一个排骨凉瓜汤，用白色小瓷盅盛着，虽然排骨只是一两块不规整的杂骨，而且颜色是广东炖汤例牌的不好看，但味道不错，而且是本味。还有一个四喜油面筋，里面有木耳、笋片、香菇陪伴的两个油面筋。还有一个蔬菜。主食是一团抟成半圆形的米饭，米也不错，和苏允沛在家里吃的五常大米不相上下。这样一个套餐38元8，苏允沛觉得价格很合理。此刻门口有一些人在排队，虽然有几张椅子，但大家都不愿意坐，都站着等。

苏允沛正在兴冲冲地等座位，突然看到一张熟悉的脸。

好像是曾经很熟悉，但有很长时间没有遇到过的人，他是……一时想不起来了。她一边思索，一边露出了一个含义不确定的微笑：基本上是和陌生人视线相遇、避免尴尬的礼貌微笑，但也随时可以滑向"好久不见"的惊喜笑容。这时对方也注意到了苏允沛，似乎也迟疑了一秒钟，但是马上露出了含义明确的笑容："你好啊，老同学！"这句话一说，苏允沛想起来了，这不是她高中的同学吗？"对对，我们是高中同学，你叫……""王力勉。"破冰的几句聊天之后，知道王力勉的公司就在H广场里，这里就是他的午餐食堂，而苏允沛告诉他自己在隔壁的大楼，也经常来这里吃饭。两个人一时间有一种重逢的愉快。这时候服务员来领座，自然而然地把他们当成一起来的，就把他们安排在一张小桌子上了，两个人面对面坐下了。

不用和陌生人拼桌了，真好。

一人一托盘的饭菜很快上来了，是一样的萝卜牛筋腩套餐。王力勉说："这个牛肉，和萝卜炖在一起，真的好吃。"苏允沛说："是啊。而且又有牛筋又有牛肉，两样都吃到。"王力勉说："就是，两样都有，省得纠结！"苏允沛用手捂住嘴笑了起来，"就是，要不然我肯定纠结。我还以为就我一个人这样呢！"王力勉说："怎么会？你没有那么独特，好多人都纠结的。如果这里不是这样爽爽气气来一个牛筋腩套餐，而是卖两种，一种牛腩套餐，一种牛筋套餐，我估计每到星期二，门口排队的人进来的速度都变慢了，因为要纠结啊！"苏允沛赶紧把嘴里的一口菜咽下去，咯咯笑了起来。

一顿饭吃完，两个人也知道了彼此的午餐规律。王力勉除了出差，基本上天天在这里吃，而苏允沛的公司星期一和星期五都忙，会叫外卖或者忙完了随便吃个馄饨或者超市里买个饭团，所以她一般是周二到周四在这里吃。明天是星期三，于是两个人约好了明天十二点再一起来吃。苏允沛说："就不用和不认识的人拼桌啦。"王力勉说："谁先到谁占位。"两个人就加了微信和QQ。苏允沛看到他的名字，心想：还真不记得他叫什么了。王力勉看见苏允沛的名字，心想：还好刚才只是叫出"老同学"，要不然就闹笑话了，因为他看到她的第一个感觉，觉得她是曾经坐在自己前面的那个女同学，好像姓李，叫什么记不清了。谁知道自己连人家的姓也记错了。

第二天中午，苏允沛刚到"粒粒米"门口，微信来了，"进门往里走，左手边最里面。"她走过去，看见王力勉坐在靠墙的位置，她想：嗯，让晚到的人坐外面的位置，方便。

可是等她走近了，他却站起来，从两张桌子中间绝不宽裕的缝里走出来，让她坐到里面那个位置上，自己坐到了外面的位置。苏允沛说："为什么要这么麻烦？"王力勉说："万一上菜弄脏你衣服。我们今天吃什么？"星期三套餐是油焖大虾套餐，两个人也都喜欢，就都点了这一个。

轻松愉快地等餐的时候，苏允沛说："你不知道，其实，我有面盲症的。昨天看你面熟，但要是你不打招呼，我也不敢叫你。"王力勉说："是吗？这么巧，我也是面盲症，重度的！"

"那你怎么认出我了呢？"

"好像是你先认出我的吧？我看见你对我笑的。"

"我是稀里糊涂随便笑笑的。"

"对，面盲症都心虚，经常生怕遇到熟人认不出，所以会先下手为强，先稀里糊涂笑笑再说。这个可以算防御性打招呼。"

苏允沛咯咯咯地笑了起来。这时候两份热腾腾的油焖大虾套餐上来了，带着葱香和油酱味的鲜香扑上来，两个人顿时食欲大开，于是开始埋头吃饭。苏允沛喜欢先一口气要虾壳剥完，然后把虾一只一只放回汤汁里浸着，然后用湿巾擦手，接下来专心享用剥好的大虾。但她发现王力勉是用不锈钢调羹很利落地把虾头切下来，然后把虾整只带壳吃下去。

吃饭的时候两个人除了"好吃""确实"这样的简单感叹，都不怎么说话，估计都是小时候被父母教育过"食不言"的。

到了餐盘收下去，开始喝奶茶的时候，才又继续刚才的话题。

"防御性打招呼，会不会也不太好？比如对方倒是和你搭话了，然后你发现是个陌生人，那怎么办？"苏允沛说。

"是啊，如果是男人这样对女人，更傻，人家肯定以为你是闲着也是闲着，随便撩骚，还很难自证清白。"王力勉说。

"女人这样也很傻啊，人家会觉得你在发花痴。"

"要是遇到我，我就不会！我会告诉她，我也是面盲症，我知道面盲症有多痛苦，我们会互相同情一番，说不定还能加个微信交个朋友。"

苏允沛说："认错人要是都遇到像你这样的人就好了。"

放松下来，两个人聊起了高中的往事，却发现似乎对不拢。数学老师，王力勉说是丁老师，是男的，苏允沛明明记得是施老师，是女的；高二的春游，苏允沛说是去佘山，王力勉说高二根本没有春游。苏允沛奇怪了，说："怎么会没有春游？你把我们延安中学说得那么惨。"然后王力勉愣住了,"延安中学?我们不是华模吗?"一个惊讶的巨浪拍过来,两个人都被拍得一个趔趄。

苏允沛还不死心,迟疑地问:"你后来上哪个大学?"王力勉说:"同济。你呢?"苏允沛说:"我华师大。"巨浪彻底淹没了他们。等浪头退去,两个人好不容易在沙滩上爬起来,重新站稳,抹了一把脸上的水,互相看了一会儿,同时明白了——他们不是高中同学,他们也不是大学同学。他们从来就没有同学过。他们根本不认识。所谓的重逢,只不过是两个面盲症的一次同时发病。

王力勉说:"对不起,我真的不是故意的,我……"

苏允沛说:"我知道,我知道。"

王力勉说:"我一般不主动和人家打招呼,昨天觉得很有把握才打招呼的,结果……"

苏允沛说:"是我先盯着你看,是我先认错人的。我真的不是故意的。"

王力勉说:"我知道,我知道。"

苏允沛说:"我本来不敢和你打招呼,你却直接叫我老同学……"

王力勉说:"我记得你姓李,但想不起来你的名字,所以只能那么叫……"

"谁姓李？"

"谁是延安中学的？"

面面相觑。哭笑不得。但这件事滑稽的程度压倒了尴尬，所以，两个人终于一起笑了起来，越想越觉得好笑，笑到根本停不下来。

这事太尴尬了，无法解释，好在两个人从行为到心理完全同步，所以也不要解释了。但是这突如其来的巨变需要做点什么来补救来缓冲来适应，但他们发现自己做不了任何事，除了哈哈大笑。所以他们越笑越响，直到附近的两桌人都朝他们看过来。

从此他们两个互称"老同学"，这里面包含着自嘲和嘲笑，是他们两个人自己创造的哏，所以每次一说都会笑起来，显得每次见面都很高兴似的。

王力勉说："当面盲症遇到面盲症，就是面盲症的平方。"苏允沛说："闹出这样的笑话，实在是丢人丢出了东海，直接丢到太平洋了。"

因为同病相怜，所以谁对谁都没有生出鄙视、嫌弃，更不会疑心对方在玩"套路"，所以仍然可以继续一起吃饭。

对，就是一起吃饭，就是饭搭子。

虽然不是老同学，但是两个人有许多共同点：同岁，都二十六，都是土生土长的"上海小囡"，也因此找工作比较有优势，都是本科毕业就开始工作了。

这样的人做饭搭子，是再好不过了。他们每星期二到星期四会在一起吃两到三次饭——一个月总有一两次在外面办事情，赶不回来吃饭。所以提前半小时微信里问一声："吃吗？""吃。""几点？""老时间。"然后就去，有时候王力勉已经占好桌子了，有时候两个人站在门口等一会儿。每次随便聊几句天气和堵车，偶尔也说说今天的工作顺不顺利。

人和人就是这样，没有期望，就不会失望；没有目的，就没有压力。饭搭子的好处就在这里：双方保持无功利的安全距离，因此没必要表现也没必要掩饰，很轻松很自在。

苏允沛有一次自然而然地提起自己的男朋友，王力勉说："他被公司派去宁波的分公司？那他回来可能会升职。"看到王力勉这样的反应，苏允沛心里有一种隐秘的高兴：反应正常，看来对自己没想法，这个饭搭子可以长久。嘴里回答："不知道，已经去了快一年了，还有一年多。"

饭搭子之间最主要的话题就是吃。

说到为什么一个人吃午餐，王力勉说："我不喜欢和同事吃饭。因为同事在一起,肯定会讲话,控制不好就会谈工作,或者传办公室八卦,吃什么都不香。"

苏允沛说:"你不喜欢听八卦?"

王力勉说:"无感。因为有的八卦不是真的,那我为什么要听要笑?有的八卦是真的,可那是别人人生中的大事情,可能出人命的,我们拿来吃瓜消遣,真的好吗?何况办公室的八卦,我奉行一条原则。"

"什么原则?"

"不知为不知,知之为不知。"

苏允沛笑了,觉得他想得很通透,说得很好玩。然后说:"我也不喜欢和同事吃饭,总归不放松,一顿饭下来,脸都笑得木掉了。"

"假笑最累,还没有演出费。"王力勉补枪。

他们两个人笑了起来,这是真的笑。然后苏允沛说:"不笑了,会呛着,咱们好好吃饭!"

慢慢地,他们把这几年吃过各种好吃的东西回忆了个遍。菜品的色香味、价格,聊得眉飞色舞,也聊到了餐厅,然后渐渐发现大多数喜欢过的餐厅和饮食店都不存在了,明明工作才第四年,周围所有的店都变了,有的店甚至亲眼看到它先后变了三次脸,从川菜馆变成日本料理,又变成湘菜馆,现在是火锅店。

"经常去的店突然关了门,站在拉下来的卷帘门口,那种感觉,有点像突然被人放了鸽子。"苏允沛说。

"是啊,每次刚吃出一点感情,点菜摸到一点门道,就又变化了,好像存心不让人恋旧似的。"

"恋旧?在上海不可能的。不过很快会发现新的店,也许更时髦,也许开店搞活动、特别优惠,顾客就被吸引过去,赶赶时髦,玩玩概念,很快就把老店给忘了。客人也是无情的。"

王力勉说:"赶时髦,无情,也是被逼的,你不无情,难道不吃饭了吗?难道要站在关门了的店门口,一直站成铜像吗?"

苏允沛说:"我和我爸妈到欧洲旅行,看到人家有百年老店、老酒馆,真喜欢。在那样的地方,会有老厨师、老酒保、老客人、老座位、老传统,感觉人的感情就可以扎下根了,人会很安心。"

"没想到你年纪轻轻,有一个老灵魂。"王力勉说完,怕她误会,马上加了一句,"不过我也是啊,我也是。看到老地方拆掉了,喜欢的店铺没有了,会伤感。但是又没有地方说。好像一个男人这样多愁善感,说出来也挺搞笑的。"

苏允沛说:"说不说都一样。这么大一个上海,谁在乎我们伤不伤感呢?"

王力勉双手一摊,"当然没人在乎。所以我们就也做出没心没肺的样子。"

"不然呢?"

两个人叹了一口气。

许多喜新厌旧、无情无义就是这样来的,因为大城市里一切都在不停地变,所以人也只能跟着变。因为变得快,人也就只能变得快。在效率就是一切的城市里,因为知道回头、叹息都没有用,所以表面上连一次回头、一声叹息也没有。但,没有宣之于口的留恋、伤感和怀旧飘荡在城市的上空,就像无处不在的一层雾气。

都说上海的一切都有分寸,这句话肯定不全对,因为上海的夏天热起来就一点都没有分寸。

吃饭的时候,苏允沛忍不住说:"这天真是热死人,吃不消。柏油路面都融化了。"她只走那么两步路,都出汗了。

王力勉本来想说:"要不你就躲在公司里吃外卖吧。"一想好像哪里不妥,就没有说,就事论事地说:"是热。午餐时间又是气温最高的时候。"

苏允沛说:"你看我这把伞,是超强防紫外光的,广告说伞下温度能降十度。"边说边把伞递过来,王力勉打开一看,里面是一层全黑的涂层,说:"这么黑乎乎的,还真是'黑科技'。"苏允沛说:"我也觉得很厉害的样子。"她低头收伞,听见王力勉说:"据说夏季应该挑选 UPF 大于 40,而且 UVA 透过率小于 5% 的伞。"

"你这么专业?"也许是给女朋友买过这样的伞吧,苏允沛想。不知道他有没有女朋友,他没有说过,苏允沛也不好奇。

王力勉说:"不过这些打着黑科技旗号的东西,常常就是好一点点,就贵了很多。这些年,自从有了黑科技这个概念,什么都比过去贵多了。"

苏允沛被他的新奇说法给逗笑了。

正笑着,苏允沛的叉烧套餐和王力勉的虾仁跑蛋套餐来了,苏允沛说:"你来一片叉烧吧,我还没动。"王力勉说:"好,谢谢。"然后指了指虾仁跑蛋,"来一点?"苏允沛就也叉了一小团到自己的餐盘上。

两个人吃饭就是有这个便利,可以自然而然分享菜。别看就是一口,却能带来一种非常确切的温暖感,让人瞬间觉得不再像一个孤独的气泡漂浮在大海之中,而是有了一条小小的船。

饭搭子的存在，可以让午餐的乐趣大幅提升。这是千真万确的。

说到恋爱，苏允沛从来没有想过自己会面对异地恋。但是男朋友齐月轩突然被公司派到宁波，起初说两年，现在已经一年半了，却丝毫没有让他回来的消息，而齐月轩也似乎适应了那里的生活，不再像一开始那么叫苦不迭和想念上海了，这让苏允沛有点闷闷不乐。

齐月轩说，上海是生他养他的地方，他以后肯定要在上海发展的，但是男人总要出去闯荡闯荡，正好有这个机会，而且自己在总公司没有太多机会，到了宁波却很受重视，眼看就要挑大梁，看来也是天意。

苏允沛问：眼看是多久？挑了大梁之后呢？以后怎么办？

齐月轩说：当然要回上海的。不回上海，父母也不会答应。

苏允沛心里想：上海，就只有你父母吗？没有其他人在等你吗？不知道为什么，这句话，她不太愿意说出口。

刚到宁波的时候，齐月轩经常说"允宝，我想念你""现在要是你在就好了"之类的话，苏允沛一句都舍不得删，全部保留着。但是正因为这些对话都没有删，她慢慢就发现，分开半年之后，这种话越来越少了，现在这种话已经没有了。

他们每天都会聊几句，两个地方的天气，交通，工作顺不顺利，累不累，烦不烦，然后临睡前语音通话聊几句，然后互道晚安。这种在线的方式，让他们"人在两地"的感觉似乎没有那么明确。

但是毕竟不在一个城市。两个人的关系看上去没有什么变化，但是苏允沛知道，就像一束鲜花，正在徐徐脱去水分，正在慢慢成为干花。而让她不痛快的是，齐月轩并没有迫切地想办法解决，比如赶紧回上海，或者商量怎么办。苏允沛想，如果他两年以上都不能回上海，他们其实还有出路的：第一条，齐月轩离开现在的公司，回上海另外找工作；第二条，苏允沛也可以去宁波找工作。虽然绝大多数上海人都不考虑离开上海，但是苏允沛觉得，如果一辈子就生活在一个城市也有点没劲，如果为了男朋友去外地，有一种"为爱走他乡"的感觉，好像也会让自己和上海马路上无数个女孩子不一样，因此并不是不可以考虑的。当然，如果那样，父母一定会反对，而且如果去了宁波，最后没有和齐月轩结婚，自己就比较没面子。所以，有许多事情需要两个人商量的。但是，齐月轩没有启动商量频道，而是一直说"我也是身不由己啊""现在这样不是挺好的吗？"不知道是迟钝，还是敷衍。

大部分男人觉得现实中的变化和不可控是动荡，而多数女人觉得看不到感情的未来，也听不到对方和自己商量未来，才是动荡。

而男人总是一根筋的，尤其是年轻的时候，总想着：先让我对付完面前的这一摊，然后再考虑两个人的事情，同时决定两件大事，我怎么应付得过来？可惜，人生没有一个完美的顺序。更何况，即使先立业后成家，立业谈何容易，那是和整个世界角力，更不是一个人说了算的。为了立业，大多数男人的好年纪的时间、心力和激情像榨橙汁一样榨出去，留下皱皱巴巴、筋筋拉拉的橙子渣，怎么可能再做个好恋人？还想认真谈个恋爱的女人当然会觉得自己被冷落、被忽略。

这还只是露出水面的冰山一角，海面下女性心理巨大的冰山是：谁不要谋一个出路奔一个前程？我就可以把感情放在事业前面，而你就不能，明显是对感情不重视。说到底，你没有那么爱我。我又不等着你来提供衣食，如果你不能给我明确的、足够的爱，我又何必迁就和等待？再说了，你弄出一副煞有介事"事业为重"的样子，到头来事业就比我发展得好了吗？并没有啊。搞笑。唉，无趣。

有经验或者脑子好用的男人不会暴露自己的真实想法，而会把自己的忙碌、身不由己和感情联系起来，把刻板的朝九晚五或者不停出差的疲于奔命解释成"为了两个人的将来而奋斗"，这样当女子觉得孤单、被冷落的时候，就会自动做心理建设：他这也是为了两个人的将来在打拼，他很辛苦，我不能不懂事，要好好体谅他……那个无法证实也无法证伪的"两个人的未来"，就像《一千零一夜》里封住铜瓶子的锡纸，把女人可能翻腾出来的不满、怨愤和质疑封在一个瓶子里，这些情绪一旦从瓶子里像青烟一样冒出来，就会飘飘荡荡地升到空中，化作一个巨大的魔鬼，几乎无法对付，更很难让它回到瓶子里。

很可惜，齐月轩不是这样的男人，或者说，他还来不及长成这样的男人。他偶然遇到了苏允沛，觉得有些喜欢她，然后发现她好像也喜欢自己，就做了男女朋友。这是都市里常见的一种爱情，合理，平静，互相捧场，总体顺利，虽然没有觉得自己多幸运，但也觉得还不错，在一起的时候挺开心，分开了也绝不会活不下去。未来？如果没有变化，也许他们会结婚。但两个人都年龄还小，还不用那么快决定。

他没有想清楚。而且结婚的事情要看许多外部情况，也不是想就可以想清楚的。然后突然就到了外地，两个人在物理空间上分开了。苏允沛有分寸地表示着思念和焦虑，齐月轩也有分寸地解释着、安抚着，他觉得自己已经尽力做了，苏允沛是个懂事的女孩子，应该也不会认真要找麻烦。

这一天王力勉和苏允沛在餐厅门口遇见，苏允沛突然指指头上的店招笑了起来，说："王力勉，难怪你喜欢这里，粒粒米，这里是你开的店嘛。"王力勉抬头一看，也笑了。上海话里面，"力勉"和"粒米"发音相近，根据发音，他的名字也可以写作"王粒米"。上海人都知道，"米"还和"钱"有关，一万块就叫做"一粒米"。王力勉随口说："既然是我的店，今天我请你。"苏允沛说："那不好，我们还是老规矩吧。"

也是，饭搭子有饭搭子的规矩，尤其是一男一女，不能随便请来请去，那很容易被人误解或者渐渐变成另一种关系的。

苏允沛后来想：自己也太拘泥形式了，其实也可以接受他请一次，然后自己回请一顿的。可是，当时来不及反应。不过，就，也好吧。

今天王力勉吃的是麻婆豆腐套餐，苏允沛吃的是尖椒牛柳套餐。两个人看看各自盘子里要么是辣椒要么是红通通，说："那些觉得上海人不吃辣的外地人都应该来看看我们在吃什么。"说来也奇怪，最近这些年，上海人吃辣越来越普遍了，川菜馆、湘菜馆、麻辣火锅也很受欢迎。

两个人都记得小时候不吃辣，读书的时候也不怎么能吃辣，为什么上班以后就爱吃辣了呢？

"据说如果人的精神压力大，就会变得重口味。"苏允沛说。

王力勉说："我看是这个原因。一天天忙成狗。"

聊着聊着，说起苏允沛的公司其实有现成午饭的，老板是苏州人，所以雇了一个苏州阿姨上门来煮，那个阿姨煮得不错，可惜吃饭的时候是一圈人围在一起吃，像个大家庭，苏允沛觉得辛苦。幸亏他们是发饭票的，一顿一张，没有用完的到了年底可以到财务那里退，换成钱，所以她就基本不在公司里吃了。

王力勉说："你们这种塑料家庭气氛其实也还好啦。有的公司的餐厅太大，冷冰冰的，而且不锈钢托盘总会发出那种可怕的声音，在空中回响，会让人瞬间觉得自己四周很空旷，很冰冷，待久了自己好像两脚离地，飘在一个巨大的冰箱里，很吓人。"

"千里孤魂，无处话凄凉。"苏允沛说。

"差不多。这首诗是苏东坡写给他亡妻的吧？"

"不是诗，是词。"

"嗯，不过词也可以算诗吧？写的规矩不一样而已。"

苏允沛笑了，"你一个理工科的，还知道这个。"

"理工科和文科，大家都不容易，反对互相歧视。"

其实苏允沛是国际经济与贸易，是文科里偏理科的；而王力勉是工程管理专业的，纯理工科。

吃完了，喝着奶茶，苏允沛突然说："今天看到一个新闻，说北京有个女的，在婚介所花了二十万婚介费，找到一个男朋友，很满意，都谈婚论嫁了，约好了拍婚纱照，然后就在前一天，未婚夫不见了，失联了。"

王力勉说："出交通事故了？"

"我开头也这样想，但是又觉得如果是这样，好像不会成为社会新闻，结果你猜是怎么回事，这个所谓的未婚夫其实是婚介所的一个托儿，还有其他女的和他交往过，有的还交了一百万中介费。"

王力勉说："假装谈恋爱也要谈一阵子吧，这些人怎么这么没有辨别力？"

苏允沛说:"肯定是骗得高明吧。"

"也是这些女人太想结婚了。感情冲昏头脑,真的很惨。其实,就,很没必要。"王力勉说。

苏允沛说:"不管怎么说,好可怜。她们的心思被看得清清楚楚,然后被这样欺负。那些不正经的婚介公司只要找到长得帅的托儿,职业背景、家庭背景和年收反正都是假的,只要看上去知情识趣,还显得想结婚的样子,对那些恨嫁的女人就绝对是降维打击。"

王力勉说:"其实,我要是女人,我就不那么想结婚。我看不出来,结婚对女人有什么好处。"

"想结婚,其实,嗯,可能……也不是为了什么好处吧。"

"你看你说得犹犹豫豫的。"

苏允沛说:"这种事……还真是犹豫。不过听到这个新闻,我真的很同情这些女人的。因为她们没做错什么,就是想结个婚,有个家庭,不是什么不好的事情,还是对社会有益的事情,却这么难。难到了让骗子这么轻易就得手的地步。"

"女人结婚难吗?我一直觉得男人面对结婚更有压力。房子啊,职位啊,积蓄啊,婚礼啊什么的,好像都责任重一些。"

"怎么会？男人的这些压力都是弹性的，女人的压力是没有弹性的。没到三十，家里就操心，一到三十，自己也焦虑。男人怕什么？就是到了三十五岁，四十岁，想结婚就结，又不会成为大龄孕产妇。"

王力勉笑了起来，又说："可是，男人除非家里有矿，不然也要个子高，颜值高，年收高，情商高，才会有优先择偶权，不然也可能会结不成婚。然后结不成婚又进一步证明你矮、矬、穷、傻。还是男人更累！"

"才不会呢！不论何时何地，男人说一句：还没准备好，或者更干脆：不想结婚，谁敢看不起你？谁不知道如果不想生小孩，婚姻对男人可有可无？可是女人，明知道婚后就是掉进坑里，照样会扛不住压力，乖乖地跳到柴米油盐、生儿育女的坑里去。"

"那……为什么大部分人还是想结婚，还是会结婚？"

苏允沛说："也许是因为爱情？我不知道。"

王力勉说："这事儿好像是社会学和心理学范畴的事情了。"

"嗯，反正我这种脑子想不清楚。"苏允沛说。

"你什么脑子？都能考上华师大，你又不是九漏鱼。"

苏允沛知道，九漏鱼的意思是"九年义务教育的漏网之鱼"的意思，是说连初中都没有好好念完，因此知识量和理解能力都完全不在线的那种人。

不是九漏鱼的苏允沛想了想，说："你有没有发现，我们这代人吃了一个大亏？"

"什么？"

"我们都是独生子女。"

"独生子女怎么了，没听说独生子女对恋爱结婚会排斥啊？"王力勉说。

"我们的父母，他们是怎么谈恋爱的？我观察了，有三大路径，一是同学，二是同学的兄弟姐妹，三是同事。比如我们两个是同性，虽然没戏，但如果我们是同学，我们的兄弟姐妹可能有戏。现在呢，都没有兄弟姐妹，你到我家玩，我家就我一个人，我到你家做功课，你家也就你一个人，谁也帮不上谁。三大路径，同学的兄弟姐妹，这条没可能了，少了三分之一的机会。"

"还真是。另外两条路径，第一条，也不如他们那时候，因为高中时代被高考压得喘不过气来，进了大学还有人想考研有人想留学，如果不考研也不留学的，多半早早开始找工作了，也不一定敢分心谈恋爱。总之不像咱们父母那时候那么闲情逸致，他们那时候读一个本科就是天之骄子了,出来工作好找得很,大学有的是时间和心思谈恋爱。"王力勉说。

"对呀,然后剩下同事这一条,那时候他们也不禁止同事结婚,很多和同事结婚的。但是现在许多公司都明文禁止或者不成文地禁止,办公室恋爱代价惨重,刚有点好感,马上想到:如果好上了,谁离开公司呢?那一点心跳的感觉都吓没了。"苏允沛说到最后,忍不住笑起来。

"还——真——是。怪不得过去听说人民广场有个相亲角,爹妈在那里摆摊,哈哈也不是摊,就是在地上撑一把伞,把孩子的各种条件写好挂在雨伞上,然后其他人来来往往互相看。哈哈我每次听说都要笑死。可是今天这么一说,我想通了,既然三大路径断其一拥堵其二,那么大家要么拼自己的人格魅力,要么就是到相亲角撑伞和找婚介公司了。"

苏允沛刚要发感慨,这时手机一声响,她看一下马上说:"哦,我们老板找我了,我得赶快回去了。"

王力勉说:"你快去,我来埋单。"

苏允沛说:"好的,我空了还你。我走了。"

苏允沛正面看就是一个端正里略带中性的女孩子,并不出众,倒是她匆匆离开的背影,有一种利落和帅的感觉。

王力勉不自觉地多看了一会儿，目送她直到看不见。

那天到晚上临睡前，苏允沛才想起还欠着王力勉的钱，马上微信里转了38块8给王力勉，过了一会儿，王力勉收了。没有说什么，似乎有点不高兴或者心不在焉。

苏允沛想：是不是自己不应该精确到8毛？也许应该给他39块或者40块？可是那算什么意思？这点点差价算"辛苦费"？好像对人家有点侮辱吧。算了，还是清楚精准的好，饭搭子之间，当然要这样了。可王力勉为什么有点不高兴的样子呢？

好累啊，不多想了，睡觉吧。

他们再见面的时候，都没有提这件事，嗯，有什么事呢？根本没有。

都市里的男女日常大面积地相处，之所以安然平顺，是因为彼此都掌握了相处第一要诀：讲道理，不讲情绪，请勿敏感，切忌细腻。

不是男女朋友，也不会是，为了长治久安，饭搭子之间必须有这样的默契。

秋天是食欲的季节，美食的话题更加辽阔。

"你看过《孤独的美食家》吗？我刚开始看，很有意思哦。"苏允沛说。

"当然，都拍到第九季了。你才看啊。"王力勉说。

"真好看，没想到这样零故事零情节的电视剧居然会吸引我。那个主演，叫什么，松重丰，真是好演员啊，他自己一个人，一张脸，就是一台戏。"

"开场白很有意思：'不受时间和社会束缚，幸福地填饱肚子的那一瞬间，他变得我行我素，无比自由。不受任何人打扰，也不用在意别人，毫无顾忌地大快朵颐，这是一种孤高的行为。这种孤高的行为正是每一个现代人都平等拥有的权利，是最治愈人心的过程。'我第一次看到的时候笑死了，这不是说我吗？"

苏允沛说："你都背下来了？我也觉得，好像给我独自吃饭找了一个很好的理由。原来我一直在享受孤高的自由啊。"

王力勉说："对啊，尤其是吃饭的时候，总得让自己舒服吧？就，一定要自由。不能和不喜欢的人一起吃饭，因为，这是我生命里的一顿饭啊！一去不复回的。"

苏允沛笑了起来，然后问："你学过日语吗？"

王力勉说："嗯。你呢？"

"大学里二外听过一学期，没学进去，忘光了。什么时候报一个班学一学,好去日本自由行。"苏允沛有点不好意思。

"这个孤独的美食家——井之头五郎,很有意思,我最喜欢他最后把汤汤水水的菜和饭一拌,呼噜呼噜吃下去,吃得那叫一个香。那种食欲太感人了,很真实很本质!"

苏允沛笑得连连跺脚:"对对,你这个词用得好,很本质。而且那个和我们很像的,简直就是上海人的习惯,红烧肉啊,番茄炒蛋啊,不用米饭拌着吃,简直都不可原谅。"

"他还说:碳水化合物带来的幸福感,真是无与伦比!那副样子真是特别搞笑又特别过瘾。"王力勉说。

"他每次点菜时的纠结也是,和我好像啊!我每次点菜、等菜,也是这样,一个人坐在这里,内心戏超多的。"苏允沛说着,突然说,"不过我们现在是午餐,可以多吃点饭,晚餐就不能吃这么多碳水了。"

王力勉说:"怎么能靠不吃呢?吃是一定要吃爽的,然后运动啊!都像你这样,少吃,不运动,自己忍得辛苦,健身房也要关门了。"

"你健身吗?"

"当然,每周两次。另外每天跑步。"

"太帅了!"苏允沛说。难怪他的身材这么好,挺拔,宽肩膀,乍一看似乎偏瘦,仔细看看其实不瘦,还有肌肉。

那天晚上，王力勉发来了一句话："还有一部《深夜食堂》，也还行，好像也拍了好几季了。我看过两季。"

苏允沛回答："嗯嗯嗯好！这么多剧等着追，感觉一下子很富裕了。"

王力勉心想：你那个男朋友，是人在他乡睡着了吗？让你靠刷剧度日。这话当然不能说，就在手机上回了一个呲牙大笑的表情。

过了一会儿，苏允沛发来一条："我正式开始《孤独的美食家》第三季了！"

王力勉马上输入："我陪你看！"然后停了一下，又删掉了，重新输入："我什么时候有空，也要重温一下！"

苏允沛回了一个两只熊狂喜击掌的表情。

但王力勉马上在电脑前坐下，在搜索栏里输入"《孤独的美食家》第三季"。看着看着，他想：如果哪一天，和苏允沛去这些地方吃饭，一定非常开心。等等，这样胡思乱想，可不能让她知道。

因为和她一起吃午餐，给他一种感觉：就在这个城市里，即使所有的店都不停地关关开开，只要有这样一个人，所有的地方都可以是老地方。苏允沛，就是他的老时间、老地方、老氛围。王力勉真心实意想和她这样继续下去。

他不知道，这个时候的苏允沛一边看着井之头五郎一个人大吃大喝，一边心里想：还是两人吃饭更有意思，尤其是这种可以吃得让灵魂出窍的美食。以后要和王力勉一起去日本，按照井之头五郎的路线，去大吃大喝，这个要列入人生清单。

然后她突然一惊，怎么是王力勉？为什么不是齐月轩，而是王力勉？

苏允沛对着墙想："怎么会这样？他是身材不错，也挺好玩，可是说好就是一个饭搭子，谁让你想别的了？苏允沛，不可以啊，你有男朋友，你不要当渣女哦。"

她脑子乱了一会儿，最后对着天花板想："不可能的，我们认识这么久了，我连人家有没有女朋友都不知道。"

"人呢？"

王力勉在"粒粒米"的座位上，十二点十五分钟，他突然觉得奇怪，于是这样问。苏允沛没有回答。

一起吃午餐一年了，这种情况从来没有发生过。人没有出现，微信和QQ上也没有一条信息。王力勉翻出她的号码，打她的手机，"您所拨打的电话暂时无法接通。"

深秋时节，王力勉额上的汗一下子流下来了。出什么事了？病了？车祸？高空坠物砸到了？呸呸呸！王力勉想到在哪里读到过一个"马蹄声法则"：当你听到马蹄声，先猜马，后猜斑马。意思是，不知道答案的时候，先想最常见的可能，不要一上来就猜小概率的可能。好，先猜马。这里是上海，市中心，大白天，一个人联系不上，最大概率是手机出问题了。她手机丢了，或者手机坏了。对，一定是。

苏允沛，她没事。不会有事的。那么舒服、那么帅的一个女孩子。

可是不对呀，她手机丢了或者坏了，她也可以用固定电话告诉自己一声嘛。难道……还是人遇到什么事了？

不会，不会！应该是他的手机号码存在她的手机里了，此外没有备份，手机一出问题，就暂时失联了。

一定是这样。一定是这样。他的理智相信马蹄声法则，但他的身体似乎不相信，因为他觉得喉头发干，额上的汗出个不停。

他一个人吃完了午餐。准确地说，是他装出在吃午餐的样子，在"粒粒米"又坐了四十分钟。"粒粒米"一向可口的饭菜，好像突然变成了泥沙，让他一口都咽不下去。离开的时候是一点，苏允沛失联整整一小时。

两点，还是没有任何消息，打过几次手机，还是无法接通。

下午三点，和苏允沛的对话框里，弹出来一句话："我在东京。"

什么？怎么会？在东京？搞什么！

"你没事？我担心死了！"王力勉发了一个号啕大哭的表情。

苏允沛说："临时决定来度假。走得匆忙，忘了提前告诉你。抱歉。"

王力勉马上发了一段语音："你吓死我了！你一个字都没说，午餐看不到人，QQ、微信、手机都联系不上，我真担心你出什么事了。喂，老同学，不要这样吓唬人啊！"

苏允沛用文字回答："不好意思。出发前忙乱，没顾上。"

王力勉马上改回文字录入："没关系没关系，你没事就好！你不用理我，我这个人有时候没有安全感，刚才表现得比较夸张。不好意思啊。"王力勉怏怏地想起来，他们并不是可以随时发语音的关系。人人都知道，即时通信有即时通信的铁则，除了老板对下属、父母对子女、配偶和恋人之间，其他关系是不能未经预约给人家发语音的。

苏允沛再次回过来："我明白。安全感最重要。我也一直希望自己有足够的安全感。"

王力勉说:"什么意思?你到底怎么了?"

苏允沛说:"没什么。我马上到宾馆了,入住之后,我要挑选几家《孤独的美食家》里我流过口水的店,每天一家,不受时间和社会束缚,我行我素,无比自由,不受任何人打扰,也不用在意别人,大快朵颐,吃吃吃!"

王力勉稍微放下心来,也换了一种口气说:"实名制羡慕!我们这种正在上班的苦命人,听了羡慕嫉妒得都不想活了。"

话虽如此,但他总觉得苏允沛遇到什么事情了,而且这件事和她的男朋友有关。难道是她男朋友回上海,两个人吵架了?他和她提出分手了?但是怎么都不好直接问,想了想就说:"你是一个人去度假,还是和父母一起去的?还是和男朋友一起去的?"

问完这句话,王力勉心跳了。中午找不见苏允沛的时候,他是满头大汗。现在倒是不出汗,但是心跳明显加速,接近狂跳。

偏偏,苏允沛没有马上回答。王力勉的心沉了下去。

过了好一会儿,回了三个字:"一个人。"过了几秒钟,又来一条:"刚才在办入住。"王力勉觉得她好体贴。

觅食记　209

此后，每一天，苏允沛都会发来一些日语店门、店招和料理的照片，有的王力勉一眼就看出来是《孤独的美食家》里哪一家店，有的则是苏允沛告诉他是哪一季哪一集的店。

王力勉说："是不是都特别好吃？"苏允沛说："很奇怪，居然没有一家让我惊喜的。都挺好的，没有一家让人失望，就是也没有惊喜。""可能是电视剧总归有点夸张吧，把你的期望值抬得太高了。"

苏允沛说："也许。也可能是因为我没有井之头五郎那么强大，还是觉得一个人吃饭有点冷清，要有谈得来的人一起吃，才能吃出最好的味道。"说完突然觉得这样说好像在暗示他什么，但是如果撤回来好像也不太好，就，让它去吧。

王力勉回答："我一个人吃饭也特别不习惯。你快回来吧。"顿了一下，删掉了后面的五个字，发了出去。

苏允沛度假一星期，带了一盒"薯条三兄弟"回来给王力勉。王力勉说："天天大吃大喝，怎么反而瘦了？"苏允沛确实瘦了，变得清秀了。苏允沛笑了笑，说："今天的套餐又有红烧牛筋腩套餐，吃吧？""好，吃！"

去日本度假，是因为和齐月轩分手了。那天是星期一，但苏允沛休假，因为眼看到年底了，她还有几天公休没有用完，为了不影响工作，她的部门主管希望大家采取零敲碎打方式把公休用完，于是她就选了每周一休息一天。星期六，她看到有三天的休息日，就说要去看齐月轩，但是齐月轩说他最近很忙，还是等他忙完这一阵回上海吧。苏允沛说好，然后也没有不高兴，到了星期天，也不想出门，在家打了一会儿游戏，看了一会儿剧，不知道为什么她突然很烦恼很不安，这个烦恼不安和齐月轩有关，似乎也和其他人有关，她一个人想不明白，必须去齐月轩那里寻找答案或者碰个钉子。于是就决定去找他。她没有告诉他，第二天一大早就坐5点49分的高铁去了，到了宁波才7点50，打了车，8点15分就到了齐月轩的门外。她想：真方便。总觉得齐月轩回一趟上海好难。还有，如果不是她给他寄过快递，都没有他在宁波的地址。然后，她敲门，齐月轩大声回答："来了！"然后特别流畅地打开了门。他穿着睡衣。他公司是九点半上班，所以这很正常。但是他身后还有一个人。准确地说，苏允沛是同时看到了他以及他身后一个也穿着睡衣、坐在餐桌边的女孩子。

后来苏允沛想，一定是他们早餐叫了外卖，然后他把她当成送外卖的了。而当时，很奇怪，苏允沛的第一反应是有点好笑。江湖上流传着一个说法：永远不能给对方惊

觅食记　211

喜，很容易变成惊吓。亲测居然是真的。苏允沛转身往外走，她上了一辆出租车，司机说："后面有个人在追你，要不要停车？"苏允沛说："不要。"停了一下，她又说："又不是拍电视剧。"怪不得电视剧里总是这样，原来这真的是生活里经常发生的事啊。看来自己就是一个很普通的人，连分手都这么通俗。

后来，齐月轩发来很多语音，大意就是，他一个人在那里，很寂寞，这个女孩子是他的同事，对他很好，一天又一天，结果就变成这样了……对不起，真的对不起……还有，他觉得苏允沛也没有那么喜欢自己，至少也不那么需要自己，所以……

苏允沛没有回答，因为真的不知道怎么回答。但是她知道自己需要一个人静静，于是向公司提出明天起休假一星期，把所有年假用完，部门主管不情不愿地同意了。然后她飞快地订了机票和酒店，第二天飞去了东京。王力勉找不到她的时候，就是她在空中飞着呢。

为什么是东京？要是过去，她一定会选神户、奈良、福冈这样宁静的地方，可是《孤独的美食家》主要都是在东京啊。这个剧看久了，似乎在东京，也有很多老地方和一个饭搭子在等着她。熟悉的、恒定的、让人安心的。

一回上海，一切似乎都回到从前。苏允沛和王力勉照样一起吃午餐，她没有解释为什么突然去日本。王力勉也没有问。

都市里就是这样，人和人之间，最要紧的是界限和默契。

然后就冬天了。

第二次寒流的时候，苏允沛终于肯定了，王力勉确实是从外面走进来。因为他穿了一件卡其色的羽绒服。上一次，他穿着一件黑色的双排牛角扣的呢外套，苏允沛就问了："你从楼上下来，为什么穿这么多？"王力勉说："哦，正好出去了，刚回来。"今天他又穿了厚外套，显然不对头。两个人点好餐，等餐的时候，苏允沛就盯着他问："老同学，你是有什么瞒着我吗？"

王力勉知道瞒不过去，就笑了起来。两个月之前，他已经跳槽到另一个公司了，不在这幢楼里了。

"那你为了吃个饭还往这里赶？有多远？"

"很方便的，坐地铁也就两站，地铁站出来就是。"

苏允沛白了他一眼，"你这个人！这么大的事情，怎么不告诉我啊？"

王力勉说："我不是怕你因为我不在这幢楼了，就不和我一起吃饭了嘛。"说完,他突然脸红了起来。

苏允沛说:"其实,不会啊。再说,一起吃饭,有那么重要吗?"

"重要。"

"也不怕你女朋友误会。"

"什么女朋友?要是有倒奇怪了。"

"你没说过。"

"你也没问过。"

"你现在单着?"苏允沛索性确认一下。

"对。"

王力勉凝视着苏允沛,苏允沛觉得好像从来没有人这样盯着自己看过,又好像他的目光是强烈的光线,照亮了这个世界,也照亮了她的内心,此刻,她心里,有一朵花开了出来,巨大的,摇曳着,香气四溢。

她必须说点什么,于是很困难地找到了一句话,小声地说出来:"你什么都不和人家说。"

王力勉突然灵机一动,说:"你不也是什么都不和我说吗?"

"比如?"

"比如,你和他早就分手了。"

苏允沛说:"特地说很傻。再说,我……"

王力勉说:"这么大的事,必须特地说,而且第一时间说。"

"为什么?和你有什么关系?"苏允沛也脸红了,更加小声了。

"关系大了。"王力勉说。

这时候一人一托盘的饭菜送过来了,王力勉是彩椒豆豉排骨套餐,苏允沛是鱼香肉丝套餐。王力勉指了指排骨,苏允沛就夹了一块排骨过去,王力勉又给她夹了几片彩椒,一片绿的,一片黄的,一片红的,说:"这样好看。"

苏允沛笑了。

整个冬天,直到第二年春天,在"粒粒米"的服务生眼里这两个人都一切照旧,他们仍然一起一周三次一起吃午餐,但"粒粒米"的人不知道,苏允沛和王力勉还会一起吃晚餐、一起看电影、一起打游戏,周末会在一起甜甜蜜蜜地做饭、吃饭以及腻在一起絮絮叨叨。

苏允沛总是说,这是上天对面盲症的补偿。在她第一百零一次这样说的时候,王力勉突然说:"我们第一次遇到,两个人同时认错人,这也太奇怪了。会不会不是面盲症发作?"

苏允沛说:"讨厌!当然是真的认错了!况且我只是心里认错了,是你还盲目自信和我打招呼的,你错得更离谱。"

"两个人同时认错人,这概率不高啊。现在想想,不像是简单的面盲症了。"

"怎么不是面盲症,不是面盲症,那能是什么?"

王力勉神秘地笑着,说:"会不会,就是,传说中的一见钟情?"

2021 年 10 月 31 日初稿、11 月 6 日二稿

添酒回灯重开宴

我是一个文艺类出版社编辑，因为工作关系，我认识不少有名的作家。有一次，在一次文学活动中坐大巴的移动过程，我和其中的一位坐在一起，那天大概是车程比较长，能聊的都聊了，居然聊起了平时不太会聊的一个话题：面对前任的态度。我问他："你碰到前妻、前女友，是觉得比路人甲乙丙丁还不如呢，还是觉得终究比一般人亲？"这位作家想了想，以一种显然区别于面对媒体记者的诚恳态度，说："那要看是怎么散的了。如果是又撕又打的，那可能真就是完全不能见了；要是还算和平分手的，那见了心里还是和路人不一样，怎么的也觉得比一般人亲。"然后这位作家反问我："你们女人呢？"我不知道怎么回答，然后我发现了一个区别，笑了起来。他还没来得及追问，或者根本不打算追问，车子到了目的地，我们下车了。

那个区别是,我问的是"你",这位男作家问的是"你们"。

作为女性,我本能地知道,人和人各不相同。男子和男子不一样,女子和女子自然也各不相同,对和自己有过感情关系的男性的态度自然也不同。我自己,属于感情上的无能之辈,感情经历非常贫乏。当然有一个原因是我从小就长相平凡。有一个阶段,流行一个词叫"第二眼美女",我大概属于第三眼美女——而大多数人看我一眼之后,都不会再看第二眼。还有一个原因是我运气不好,初恋就是一个不适合谈恋爱但适合结婚的人,耗时三年,然后我还是想有一次让人心跳、鼻酸、迎风落泪、对月长吁的恋爱,就和他分了手;然后发现那样的恋爱在哪家超市里都无货,再然后发现找一个不能好好谈恋爱但适合结个婚的人居然也不容易。有过几次动心,都是我单方面被吸引而对方浑然不觉,于是,一直处于空窗的状态。后来,有一天突然顿悟了,那些对我的好感浑然不觉的男人,根本就是假装浑然不觉。男性是那样一种动物,如果他们喜欢一个人,肯定会各种明示、暗示,遇到对方也有兴趣,根本就是一拍即合,怎么会对女性的好感浑然不觉?那就是最友善或者说最高明的拒绝。那一天,我顿时感觉自己一下子被七八个男人拒绝了,那种感觉排山倒海,把我淹没,以至于等我浑身冰凉地爬出来以后，再也无法像过去那样对男人产生兴趣。谈恋爱，太麻烦了，太辛苦了。女人何苦为难女人？首先是不要为难自己。这样一来，我进入了一个无爱一身轻的状态，不觉一晃就这么多年过去了。

后来看到日本有个女明星叫天海佑希，曾经在宝冢歌剧团扮演男角的，后来演电视剧再次走红，是演艺界常青树，她就是始终单身，而且公开宣称：我不结婚。不为什么，就是不想结。一个节目里有人问她："看到影视剧里的美好爱情，会心动吗？"她回答："会觉得那样真好啊，但不会自己也想去做这件事。"原来女人可以自己决定这件事，而且显得这样自我、明快、强硬、不可动摇。于是我安心了，单身这件事情就成了一个可以安然处之的常态，而不是一个需要设法终结的临时状态。

我仅有一个前任，而且和我失去联系很多年了，所以"见到前任是什么感觉"这个问题，我现实中没有选择，心理上也没有什么发言权。

根据观察，女性有两大倾向：一种是既然无缘，何必多事，更不想添堵，所以坚决老死不相往来。另一种，毕竟是爱过的人，总有几分温情在，做不成非血缘的亲戚，至少也得是朋友。这两种倾向的人数是如此的势均力敌，以至于不能说哪一种是主流。

有时候，甚至在一个人的心里面，这两种反方向的倾向也奇迹般地并存，连她自己都说不清这两种心理的占比。

比如我的大学同学柳叶渡。

当初柳叶渡和她的男朋友夏新凉，其实是挺般配的一对。柳叶渡在一个时尚杂志社上班，夏新凉是给她们代理广告的广告公司的人，经常来接洽业务，就那样认识的。柳叶渡虽然不是那家时尚杂志社里最好看的，但是蛮舒服，可塑性很强。有一个工作关系的电影导演告诉过我，其实有一种女人的美，美在像白纸，初一看什么都没有，但是随便画什么颜色上去，都很搭，而且出彩。后来有个时装设计师也对我说：他喜欢的时装模特儿，不要通俗意义上的魔鬼身材，什么S形，什么C罩杯，什么前凸后翘的，就要平平的板型身材，淡得可有可无的五官，那样才能穿出衣服的效果。

柳叶渡大致就是这种好看法。加上她会打扮。正好她毕业后第一个工作就是时尚杂志，她说自己很辛苦：白天东奔西走赶秀场看展览，晚上要么露肩要么露背（上海女子一般坚决不露胸）要么礼帽上粘根羽毛去参加派对，我却一直说她花了一半工资和好多时间刻苦钻研苦心孤诣地打扮，很快变成一个可甜可辣可攻可守的一线都市佳人。夏新凉遇见这样的柳叶渡，很快就展开追求，柳叶渡看见夏新凉有款有型，谈吐也有意思，很快就有了感觉，大概有一年多时间，柳叶渡和夏新凉泡在一起，度过了大部分业余时间。有时候柳叶渡会拉着我一起吃饭，我也去当过两次电灯泡，觉得他们看上去让我莫名放心——我后来才明白是为什么放心，况且夏新凉一看就是功名利禄全喜欢、半雅半俗、对情怀和欲望都保持合理需求、现实感很强的有为青年，没有什么需要我这个闺蜜客串私家侦探的，所以我很快就打着哈欠撤了。然后，我愉快地继续着我的单身生涯，他们愉快地享受恋爱。这么多年我一直单着，别人以为我很焦虑很煎熬，其实并没有，反而觉得一个人更自由自在。但是柳叶渡和我不一样，她是需要人陪的，所以她应该认真谈恋爱，认真结婚。再然后，就在大家认为他们差不多要结婚的时候，两个人散了。

人类有一个习惯心理，就是未能导致结婚的恋爱会被归于失败的恋爱。其实呢，每一次恋爱都是平等的，只不过其中导致婚姻的那些恋爱，因为婚姻的存在而被反复提起，显得更有存在感和权威性而已。其实，恋爱就是恋爱，不能用是否结婚来裁定成败，甚至未必说得清成功和失败。

比如，在我看来，柳叶渡就是和夏新凉谈了一场旗鼓相当的恋爱，然后因为双方的某些想法未能达成一致，以及一些神秘的来自宇宙或者祖先的运势因素，于是和平分了手。这场恋爱对双方的成长应该都有帮助，分手时也算表现了符合自己教育程度的风度，事后说起和这个人谈过恋爱也不会觉得丢脸和后悔——其实这已经是一场成功的恋爱了。当然，那都是十年前的事情了，当时我们都二十五岁。柳叶渡二十七岁结了婚，夫妻两个相处得不错，柳叶渡真的安定了下来，目前已经过了七年之痒，依然平安稳当的样子。这大概和职业有关，她的丈夫在教育局上班，是那种工作忙碌、生活规律的社会栋梁，她自己，也已经从名利场味十足、矜贵而浮夸的时尚杂志出来，到一家生活类出版社当编辑了。如今她打扮的风格不再那么小众化、艺术化，但依旧保持了好品位和经验。差不多的预算，她总能挑出比一般人好穿的衣裙、好用的包包，搭配起来也比一般人好看。

每逢换季，她会到我家来一趟——反正我家就我一个人住，她提前十几分钟一个电话或一条微信通知就可以过来，帮我扔掉一些衣服，她一边审批一边提出指导意见，比如："这种裙子，叫伞裙，虽然它撑起来，能遮肉，但是不适合我们这个年纪了,你这件还是飞鸟格的,太花哨了,不要穿了。""这件黑色针织衫质地好,要里面配一件白色圆领棉T恤,下面配这条米色修身七分裤,文雅,利落,还有一点点女人味——女人味多了你也不适合。""所有桃红色都扔掉,桃红色不允许在身上出现,除非在鞋底出现,走路的时候惊鸿一瞥。""别管什么本季流行色,男人黑白灰,女人黑白米,不会错。除了长羊绒大衣可以穿驼色,其他的,你就统统黑白米,全部单色,全部经典款,就闭着眼睛都不会错!"

我这个人懒,才不会去研究什么本季流行,她说的原则非常简单,所以我一直听她的。而且我发现,她说的很有道理,因为我这样黑白米+基本款地穿了几年之后,单位里的几个小姑娘竟然在背后说我"有眼光""酷""衣品好"。我由此发现,如果一个人坚持"没有个性"好几年,丝毫不为时尚潮流所动,那么这也会成为一种"个性"的。

柳叶渡当然也长期对我进行各种时尚扫盲。虽然我经常听过就忘,但仅仅留下的一小部分也足够我避免日常中的一些非常常见的小笑话,比如——南京西路陕西路口那家时装店ZARA,我听见无数人站在门口读"杂拉",但其实,柳叶渡告诉我,那个牌子不读"杂拉",而是"飒拉",

因为那不是英文，而是西班牙文，Z 要发近乎 S 的音；比如——法国化妆品 Lancome，也不读"兰坎姆"，而是"龙贡"，那同样不是英语，而是法语……我有一次笑她是职业病，谁知道柳叶渡正色说：咱们既然受过教育，又生在上海，就不要背对时尚。这句话，是她说过的让我印象最深的话。她还教给我一些"冷知识"，足够在一些无法深谈又不能冷场的场合做谈资，比如——你们知道吗？今天流行的"美瞳"，中世纪欧洲已经有了雏形，那时候的女性会将颠茄液滴入眼中，原理是颠茄中含有能放大瞳孔的阿托品。比如——有些人拥有很多件几乎一模一样的衣服，换了就和没换一样，不知道的还以为他天天穿同一身衣服，像乔布斯，曾经拥有很多件黑色长袖高领衫，很多条李维斯石磨水洗 501 牛仔裤和很多双纽百伦 991 号灰色鞋。这究竟是极简的风格、独特的品位还是优雅和时尚的对立面，您怎么看？

每个人都可能需要在不同场合担任"气氛组"，我当然也是。每当我用这些引起话题，效果总是不错。懂的人马上侃侃而谈，不懂的人也可以发表自己的见解，大部分人都会有兴趣，谈论既不艰深也不掉价，于是气氛就好起来了。而且又不容易引起争执，于是丝毫不会妨碍气氛一直好到散场。我把这些告诉了柳叶渡,并且对她的一人一方、对症下药,表示了真心实意的感谢。她笑了,"这么多年,你当我的心理顾问,我当你的时尚顾问,我们不就是这样的吗?"我也笑了。

柳叶渡和我在星巴克臻选上海烘焙工坊喝咖啡。柳叶渡对这些当红的时尚打卡点依然敏感,而我无可无不可,所以早就对她说:我死也不排队,只要是去了就有座位的地方,我就可以和她一起去。这个星巴克烘焙工坊真是气派。我本来以为这是全国最大的,柳叶渡告诉我:这是全球最大的星巴克。这么大的地方,投资惊人,单单是店租一项就极可观,完全靠表面花样唬人是不可能的。这里确实大,还有二楼。装潢考究,整个感觉有点像混合了咖啡厂和歌剧院色彩的一家咖啡博物馆,可以参观,可以买买周边,然后坐下来喝一杯专业咖啡。是上班日的中午,人不多,我们在二楼一个靠窗的位置坐下了。柳叶渡替我点了一杯烟熏司考奇拿铁,自己点了一杯威士忌桶酿冷萃咖啡,甜点是一块意式布朗尼和一块栗子挞,我选了栗子挞,柳叶渡就把意式布朗尼从托盘上拿下来,放到自己面前。

上海的女孩子都受母亲影响大,我们大学刚毕业的时候,经常会一起到凯司令喝咖啡吃蛋糕,我们都喜欢那里的栗子蛋糕,是实实在在的栗子蓉外面裱着厚厚的鲜奶——而这,是我们的母亲从小带我们喝咖啡吃蛋糕培养出来的口味。是不是上海原住民,其实仅仅考察一个人在日常生活里的穿衣打扮住房车子并不容易看出来,就是听说话口音也不一定能听出来,因为现在的上海人,四十岁以下的,也不太说上海话,甚至上海话都说不地道,反而说起普通话来得心应手,就像他们吃起辣来一样,常常让对上海人有固化想象的外地人吃惊。但是,总有蛛丝马迹,会显示出不同。当然会。而且越是无心的,越说明问题,越是蛛丝马迹,说明问题的程度越深。比如,会到老大昌、凯司令、红宝石这种老派地方吃蛋糕,比如,会到国际饭店买蝴蝶酥,或者夏天会到南京西路的王家沙吃冷面外加大玻璃杯装的绿豆冰沙,秋冬则吃他们的蟹粉小笼,到美新点心店则是夏吃冷馄饨冷面冬吃黑洋酥汤圆,知道光明邨的鲜肉月饼最好吃,但也一年四季需要排队……有这样的亲身体验或者童年记忆,百分之九十九是上海土著了。当然这几年我们都到更有情调的地方了,柳叶渡知道上海无数的咖啡馆、茶室,知道哪家餐厅是米其林、黑珍珠,哪家餐厅性价比高、味道好,哪家是要减肥的时候去吃情调。

"夏新凉突然冒出来,说要和我见面。"柳叶渡说。

"你们这些年一直没有联系吗？"我说。

"不要明知故问。我总觉得分手了、各自结婚了，就没必要再来往了，所以除了在别人的婚礼上见过一次，平时没有联系。当然，我们全套联系方式都在，谁也没有拉黑谁。"

"那他找你做什么？"

柳叶渡说："不知道。"

"他和太太关系怎么样？"

"我怎么知道？再说，他们的夫妻关系，和我有什么关系？"柳叶渡有点气急败坏。

"按照常规思路，常见的是两种可能：要么，他过得很好，功成名就，夫妻恩爱，最近正好也有空，突然想找你这个旧爱一起叙个旧，顺便炫耀一下；要么，他和太太不睦，来看看有没有可能得到红颜知己的安慰甚至重续旧情。"我事不关己，说得非常实事求是，还不忘喝了一大口咖啡，这款咖啡三四口之后开始觉得好喝，果然吃喝打扮这些事情都听柳叶渡的，不会错。像柳叶渡这样的女子，最应该生活在上海，或者说，幸亏上海有一大批像她这样的活得讲究、过得精细、丝丝入扣体会上海这座城市好处的女子，不然上海的日常生活，纵使功架不倒也总有点明珠暗投。

柳叶渡说了一句什么，我没听清，柳叶渡白了我一眼，重复道:"你说,我可以见夏新凉吗?"

我说起了那位作家的"如何分手决定论",然后说:"你们当初分手好像比较客气,对吗?"

柳叶渡说:"我们当初……反正没有破口大骂,也没有觉得对方人品卑劣啊欺骗感情啊阴险小人什么的,就是觉得我不爱他了。当然分手后也没有在别人面前说他坏话。"

我说:"这样应该是可以见面的那种。你想见他吗?"

柳叶渡说:"这么多年,没有想念过他,但是现在他冒出来了,我却并不完全不想见,好吧,就是有一点点想见。一方面看看他现在怎么样,另一方面,想知道他为什么找我,好奇。"

"好奇害死猫。"

"他是不可能影响我的心情和生活的,当初就看不上他了,何况这么多年,……"我以为她会说"我和我先生如何如何",结果她说:"我又长了见识,提升了这么多,就更加看不上他了。"

听上去认识清明,合乎逻辑,当然我就不反对。于是柳叶渡去见了前男友夏新凉。

我以为她会在微信里简单说一句"他没什么事情,就是聊聊"或者"哎呀,他穿的那是什么衣服啊!我看了他那个打扮就根本没话说"之类的简单总结,然后到下一次见面再详细告诉我具体细节和内心涟漪——如果有的话。没有想到,那天下午她和夏新凉喝了咖啡,居然马上叫我下班后和她一起吃晚饭。长期适时提供一对耳朵,自带一本知根知底的"词典",这本来就是闺蜜情谊得以建立和长久的基础,况且,她刚和前男友见了面,这时候紧急召见,一定是有了什么紧急状况,这种时候,招之即来,几乎是命令。

我们约在老锦江饭店的一楼"锦庐",这家情调和菜品兼顾,建筑和布局有特色,细节有旧时光沉淀下来的味道,摆盘也好看,虽然有点小贵,但很适合胃口不大但是挑剔成性的闺蜜们小聚。我进去的时候,柳叶渡已经在巨大的玫瑰花窗下面圆弧形分布的火车座上坐着了。她的头发染了巧克力色,是今天新鲜吹出来的若有若无的长波浪,她的脸看上去很精致,眉毛长而齐整,睫毛浓密如小扇子,肤色雪白粉嫩微带晶莹——我知道这是她不辞辛劳往脸上涂涂抹抹七八层的结果。她嘴唇上是若有若无的介乎豆沙色和米色之间的抑制嘴唇本来的红色的裸色唇膏——我曾经问过她,为什么不选鲜艳一点的颜色,她说,不要红,日常生活中嘴唇红容易显得土,而这种裸色的唇膏主要目的是让唇色均匀而干净，像打粉底一样。她的衣服也比平时的好看，是浅丁香紫的缎衬衫，配灰色的真丝鱼尾长裙，款式和颜色看似家常，其实因为质地带微光，有小礼服的味道。

"喂，你打扮成这样，是想让夏新凉重新拜倒在你的石榴裙下吗？"

"萧老师也说我今天特别好看，出门前还像个追星族一样用手机给我拍了两张照片。"她丈夫其实名字挺好听的，叫萧冬桦，柳叶渡经常叫他萧老师，这也是用假装恭敬其实戏谑来表示亲热的一种方式吧。

我坐了下来，再看柳叶渡，不知道是不是灯光的关系，现在看过去，精心打扮过的柳叶渡脸上有一片漂浮的暗影。

"你点菜吧，今天我请。"她说。

这里我也不常来，这时看着菜单难免心猿意马，最后决定把想吃的菜分成两批，这次吃一半，下次再来吃另一半。这样一想就简单了，于是行云流水地点了老上海熏鲳鱼、极品菌菇汤、芥末虾麦香虾和煎鹅肝片鸭酥方层饼，外加一个绿叶菜。因为这里的菜分量都很精致，所以我还点了主食，一份脆开洋葱油拌面，这时女领班自动用道地上海话说："上拌面的辰光多送一只小碗过来，两位好分了吃。"

我对她的知情识趣报以赞赏的一笑，她也立即因为心领神会而笑得更深了，说："那我让他们做起来了，两位定定心心吃口茶。"

我把视线转到了柳叶渡的脸上，发现她的表情表面上看平静，还习惯性地挂了一缕符合社交礼貌的微笑，但是这层薄薄的平静下面，她的气息是不和畅的，心绪是不愉快的，甚至有点伤感。

"痛感'岁月是把杀猪刀'，发现夏新凉胖了很多？秃顶了？"我问。

柳叶渡摇了摇头。

"出什么事了？"

"没什么事。我就是心里有点难过。"

怎么会难过？发现夏新凉很好，当初不该放弃？这不可能啊。但我没有说出来。这么熟悉的人，既然发生了让我有点吃惊的事情，我就不应该再妄下断语，也不要乱猜测，应该等她调整好心绪，自己慢慢道来。

喝了两杯冰水之后，柳叶渡说——

今天她确实是精心打扮之后去见夏新凉的，当然不可能对他还有什么兴趣，这主要出自女性最本能最本质的自尊心。夏新凉见了她，倒也大方，没有说什么"你还那么漂亮"之类的肉麻话。夏新凉变老了一些,但穿着比过去得体,举止比过去老练,所以并没有什么让人看了难受的地方。起初两个人似乎有一两分钟的尴尬,但是马上轻松了,气氛就像两个老朋友久别重逢,似乎十年的不见面,只是因为一个客观的原因——比如一个出国了或者去外地了,所以不见面的时间里面没有负疚也没有阴影,今天就是终于机缘凑巧,约了出来聊聊天。

没想到气氛对了,夏新凉却突然说有事情想求柳叶渡帮忙。柳叶渡心里吃了一惊,也只能让他"但说无妨",夏新凉就说了:原来是他的儿子已经六岁了,要上小学了,他们想让他跨学区上小学,因为他们家其实住在两个学区的交界处,而隔壁学区的小学要比本学区的好多了,上学的路都差不多——当然即使比本学区的学校远,他和他太太也愿意送孩子去的。……柳叶渡还没有从一口气听到这么多别人家务事的震惊中清醒过来,夏新凉说:这是大事,但是我们实在没办法解决,我想来想去,只有你可以帮忙,我早就听说你先生就在我们区教育局工作,能不能麻烦他帮个忙?有两点你们可以放心,第一,该给学校交择校费或者赞助费,我们都很乐意交的,绝对不想走关系免去什么费用,只求有资格进这个学校。第二,这事是我求你们帮忙，你们能帮就帮，不方便千万别为难。

这时候，我突然想起了当初第一次见到作为柳叶渡男朋友的夏新凉的那个感觉了，我知道了为什么当时我觉得安心了，就是，一望而知，这是个俗人，但这也是个不自大、不自恋、讲道理的人。所以我应该是当时就模糊地意识到了，不论柳叶渡将来是否和他结婚，这个男人都不会使她置于遭受暴力或者脸面无存的险境。

"你不愿意和你家萧老师说，对吗？"柳叶渡说丈夫，从来不说"我老公"，都是说"我先生"或者"萧老师"，我知道她觉得"老公"这个说法粗鄙，所以我也从来不说"你老公"。

"那是另一件事，我现在还没有想要不要和他说呢——百分之九十我是不会说的。我们先说夏新凉，我就是想不通！想不通我们十年不见面，他怎么会一见面就托我办事？不对，他根本就是为了说这件事才和我见面的。他怎么就觉得是可以这样对待我的呢？他怎么是这种人呢？"

"破坏了你存在心底的美好记忆？"

柳叶渡摇头，"说了你不要不相信，我很少想起他，偶尔想起来也没有什么铭心刻骨的美好记忆，就是一起吃饭啊、看电影啊、逛街啊，没什么特别的，而且一分手就觉得很遥远，很模糊。这几年的感觉，就像一张本来就不太清晰的老画，放久了，颜色褪光了，线条也没有了，画面都消失了，说它是一张老画，不如说它是一张画过画的旧纸头了。"

我脱口而出："那他就是一个陌生人了，你难过什么？"一看柳叶渡的脸色，又马上补救："先吃虾吧，这虾要趁热。"

柳叶渡说："我想来点酒。"

"要喝你自己喝，我开车。"其实可以请代驾，但我不放心她，她要喝酒，我最好自己送她回去。

她就自己点了一瓶干红葡萄酒，慢慢地喝着，也慢慢地吃着，若有所思，但渐渐放松了。

"真是奇怪，为什么我觉得完全不认识这个人，但是又觉得他完全没变呢？还是那么现实，现实得……这么无趣呢？"她喃喃地说。

"我一直想问，你和夏新凉当年分手，导火线到底是什么？"

"是因为袭人。"

"谁？"

"袭人啊，《红楼梦》里宝玉的丫头。"

"什么？"我赶快把嘴里的菜咽下去，免得从鼻子里喷出来。

"那时候两个人随便聊天,我问他《红楼梦》里如果挑一个做妻子,他最喜欢谁?他说最喜欢袭人。我一听就急了,以为他弄错了,就逼他再看一遍《红楼梦》,结果他看了,然后说还是喜欢袭人。"

"天!"我也不由得惊叹。

"我对他说,我是喜欢黛玉的,但是我不强求你和我一样,你喜欢其他姑娘都好,比如宝钗很周全,湘云很可爱,探春很爽快,这么多小姐都很有气质,你一个都不喜欢?就算偏偏要喜欢丫头,那晴雯、平儿、鸳鸯、芳官、小红,不也都比袭人强吗?袭人那么奴性,那么俗气,长得不美,没有文化,不解风情,浑身都是心眼,还会告密,你怎么会喜欢她?你这是审美绝症啊!"

"然后呢?"

"他仍然不改口呀!说就是喜欢袭人,说她对男人那么体贴、温柔,一点不给男人压力。我真生气了,觉得自己不能和这样的人谈恋爱,他还觉得很好笑,说我小题大做;我就说真是知人知面不知心,你怎么会这么低俗?他反而说我霸道、小心眼,连文学作品里虚构人物都妒忌;我说你这么没眼光没品位的一个人看上我,说出去我真是脸都丢尽了,他就说我莫名其妙,是文艺小女人的虚荣;我说,你还真实在,实在得都不要品位不要审美的,直接挑了个年轻的保姆加小妈妈,还可以顺便陪你上床的,你这种男人根本不懂得爱。然后他也急了。大家都发现还真是谈不到一起,本来是两个人有点疲疲沓沓,没想到因为一个袭人真的吵了起来,然后都觉得事关原则、不能让步,就完蛋了。"

"我还真不知道这件事。"我有点啼笑皆非,但是不知道哪里又有一些感动。

"当时我觉得太丢脸了呀,就没有和你详细说。"

"看来除了不能谈时政,不能谈宗教,也不能谈文学,谈《红楼梦》居然谈成了分手。"我说。

柳叶渡说:"那不是谈文学,根本就是谈感情,谈审美,谈择偶标准。会看上袭人的人,无论如何不应该选我。我要是和这样的人在一起,我怎么对得起我自己?"

"也是。虽然你的切入点有点奇特,但是结论没有错。你是这么阳春白雪、内心细腻的人,他是那么实际的人,大概率是无法和你互相理解、互相欣赏的。"

"根本不可能,好吧?经典著作就是厉害,千百年后还能让我们争论,还能让我们及时明白:我们不是一路人。"

"原来是这么回事。"

"所以呀,我们之间当时没有第三个人,没有变心什么的,两个人还真就是觉得不合适,所以气消了之后也一点都不恨。"

"倒也是。"

等到我们分着吃完了脆开洋葱油拌面,柳叶渡幽幽地叹了口气,说:"但是今天见面倒让我难过了。我们见不见面无所谓,但我就是不想看到他是这样的一个人。总是一个故人吧,相隔十年,约前女友见面,居然是为了托我办事,还不是我能自己办的,还要通过我的丈夫去办。你想想,他要我通过自己的丈夫,给他的孩子找门路上小学。我本来不知道他有没有关心过我,我现在知道了,他一直关心的,但不是关心我嫁给了什么人,我幸不幸福,而是关心我对他还有没有用,我的丈夫、我的家人、我的社会关系对他还有没有用。这算盘打得精啊,太精了。"

"他肯定不知道你会这样想。他大概觉得大家好歹是熟人,你能帮忙就帮,如果帮了,他和他太太大概也会答谢你的。是这种思路。"

"什么思路?势利!油腻!各走各的道了,清清爽爽,再见面就按正常社交礼貌来,怎么可以这样突兀?怎么可以这样恶心人？"柳叶渡语音都高了，两道修得很整齐的柳眉扬起，几乎要飞入鬓角。

"算了，不要生气了。有一句讲一句，男人是比我们现实的。从现实角度来看，他也不荒谬，也许能帮上忙的人只有你一个吧？"

"你没看到，他说的时候那一脸坦然，好像我们是一个大家族的亲戚，每年都在一起吃年夜饭似的。"

我想了想，连我都接受不了，也别劝她了，于是说："你可以直接拒绝他，没必要和他多说的。"

"我想想这辈子都不会再和他见面了，所以还是客客气气地喝完咖啡，还听他聊了一会儿他们孩子的情况。"

"这种见面……真是……"

"超累的。他找我，就是找我帮忙办事的，都没有礼节性地问我一句现在过得好吗？连假装关心都不假装一下。不过他既然知道我先生的工作单位，说不定我的情况他都调查清楚了？我真是服了！"

"你不要要求太高了。"

"我哪里要求高了？"

"他对着你两眼放光，你可能要说他到这把年纪还见色起意油腻不堪；他关心你现在过得怎么样，你又会怀疑他到现在还不死心，在窥探你的私生活；其实你们就是相忘于江湖了，谁也不关心谁了，本来挺好的。"

"是挺好啊，那他干吗来找我？"

"是，他错就错在，就不该来找你。心理上云淡风轻，是因为经过了恩断义绝，既然感情层面上恩断义绝了，就不该想在功利层面上利用你。很重要啊，一个前任的自我修养。"

柳叶渡飞起的眉毛收了势，朝我扔过来一个半笑半嗔的眼神，然后说："他要不顾形象单纯利用我也不是不可以，但他有这个能耐吗？十年没有铺垫，这事难度多大？他失败了。"

"对。他要表现出一个很复杂的心理状态，既要对过去的关系有一点留恋，这样才有托你办事的感情基础，又要表现出绝无再次勾搭的想法，这样才有托你办事的立场；对眼前这个女人，既要从眼神到语气到细节自然流露出赞美，这样才是求你办事的态度，又要表示出对你的生活你的婚姻选择非常赞赏，这样才好意思开口麻烦你和你丈夫给他和别的女人生的孩子办事呀。这个心理分寸的拿捏和表演难度，不是一点点哦。"

"这么难，他还不如去直接追求那个小学的女校长算了。"

"大概那个校长是男的吧？"

"副校长、教务长里面总有女的吧？"

我们笑了起来。

我叹了口气："所以呀，他挑战的难度太大了，肯定失败的。十年不来往，你们就是陌生人了，怎么能突然冒出来，一上来就麻烦人家呢，还不是一件容易办的事。"

"谁知道呢？"

我突然说："有没有可能，他一直想见你，不方便约，这次有这个借口，对自己对太太都说得出口，所以他也是项庄舞剑，事情成不成不重要，他就是用这个借口和你见一面？"

柳叶渡说："得了吧，他从头到底都没有好好看我一眼。"

我没有再说什么，但是，以我这些年冷眼旁观的心得，我想，夏新凉当然是看了柳叶渡的，很可能还在内心暗暗惊艳加上感受复杂了几秒钟，但是他没有也不可能表现出来——许多浑然不觉、麻木不仁都是理性控制、关闭内心的结果。因为他是作为一个孩子的家长出现的，一个学龄儿童的家长，这个身份的杀伤力之大，足以把和性别有关的一切都封印。就像任何一个男家长，都不会追求自己孩子的女班主任——哪怕那个班主任非常可爱或者非常冷艳，那都是彼此无效的。唉，一个人，怎么能以这种身份出现在前任的面前，还有现实盘算，而不彻底失败呢？作为一个上海男人，如此现实主义，不令人惊奇，但是他面对的是一个上海女人呀，上海是定语，女人还是女人呀，怎么洗尽浪漫铅华、怎么实事求是，她也变不成男人啊。

柳叶渡说："见面这么无聊，我也无所谓了，后来干脆想说什么就说什么了，我最后问他，还记得十年前他觉得最适合当妻子的是袭人，现在他心目中贤妻楷模还是袭人吗？"

"哦对，袭人，是这贱人导致你们分手的。他怎么说？"

"他说：自己当初是错的，只想着什么都有人伺候，自己好省力，现在明白了，袭人这个类型肯定不行的，等有了孩子，她没文化，根本不能辅导孩子功课。"

话音刚落，柳叶渡哈哈大笑了起来，一直笑出了眼泪，然后笑声止住了，眼泪却没有马上止住，在化了妆的脸上流了下来。她有点急迫地用纸巾去擦，脸上细致而帖服的蜜粉和粉底都擦掉了，斑驳露出了皮肤的底色，依然是白皙的，但是不再透亮、不再水润，也显出了一种轻微的松弛，有点像插了三天之后的白玫瑰。

她很快起身，去了一趟洗手间。出来的时候已经补了妆。这就是柳叶渡，明明眼前只有我这个熟不拘礼的闺蜜，明明接下来就是回家睡觉，但是既然化了妆，就必须保持妆容的完美，妆花了就得补。对某些女人来说，好看从来不仅仅是好看，还是体面是心气，是无论何时都不能马虎不能松懈的。我无论如何也做不到，但我真心敬重能这样做的女人，而且我很高兴这样的女人中有一个就是柳叶渡。妆补好了，心情似乎也平复了，我们又聊了一会儿天，我知道她酒还没醒透，说："差不多了吧。下次再来吃一顿，我请你。"

她说："好呀。"

"我送你回去？"

"不用，萧老师马上到。我让他来接我。"见我有点惊讶，她补充说，"妻子喝了点酒，不让他来接一下，却让闺蜜送回去，也太凄凉了。"

"你就作吧。"我言简意赅地评论。

萧冬桦来了。我好久没有见他，这时候发现这个男人还真对得起这个名字，高个子，还算挺拔，有一种经历过事情的沉稳和些许可以归于沧桑的倦意。

我们打了招呼，互相恭维了几句，这时候柳叶渡说："你们两个真搞笑,见面假惺惺的。"

我对萧冬桦说:"她今天喝了不少。"

萧冬桦说:"现在回家吧?"

柳叶渡突然说:"教育局的人都这么扫兴的吗?你就不能陪我们坐一会儿吗?"萧冬桦笑了:"当然能。你叫我来接你回家,我以为你想回家了,既然你还不想回家,那我们就再坐一会儿。"他在她身边坐下了,还在柳叶渡的逼视下很自然地笑着,问:"你们喝的是什么红酒啊?"

柳叶渡突然喊:"服务员!"服务员来了,她说:"和刚才一样的红酒,再来一瓶!"我说:"别胡闹!我们两个都开车,都不喝,你一个人怎么能再喝一瓶?"柳叶渡说:"再来一瓶!还有,再添两个菜!"萧冬桦居然说:"菜我来点。"柳叶渡说:"对,你点菜,重新点菜。添酒、回灯、重开宴!"真是喝多了,居然开始背唐诗了。

菜和酒都上来了,场面莫名其妙地有点热闹。然后,坐在我对面的这两个人,萧冬桦吃菜不喝酒,柳叶渡喝酒不吃菜。三个人都不说话,气氛不知不觉变得有点诡异。我说:"要不,你们慢慢,我先走了。"

柳叶渡说:"不许走。你们两个就不能一起陪陪我啊。"

什么年纪了,还这样撒娇要人陪。好吧。

添酒回灯重开宴 **245**

萧冬桦说："我们也好久没有在外面吃晚餐了。"

柳叶渡突然幽幽地来一句："两人晚餐，多么遥远的事情啊，我都不敢想了。"

萧冬桦愣了一下，然后马上回答："确实太忙了，我以后注意，双休日至少有一天保证陪陪你。"

"一星期才七天，你工作六天，陪我一天，岂不是没有一天休息了吗？萧老师，那你也太辛苦了！"柳叶渡口气里的嘲讽和挖苦很明显。

"不辛苦，家庭生活总是要的。"

"家庭生活……"柳叶渡又喝了一大口，带着真假难辨的醉意说，"你真的有兴趣吗？你不是心里只有工作，家就是一个让你休息、准备工作的地方吗？"

萧冬桦有点尴尬地看了我一眼，说："你怎么这么说？我还不重视你吗？"

"重视……重视个鬼啊。每天那么晚回家，都没有时间两个人说说话。"

我忍不住插嘴："柳叶渡，这你也太夸张了，怎么可能天天见面不说话呢？"

"不是那种日常的说话，不是那种和马路上的陌生人也可以说的话，是重要的人之间的话。为什么我和他两个人，就不能找个时间,在光线很好的地方,面对面坐下来,好好说说话呢?"

萧冬桦用一种哄孩子加息事宁人的口气说:"好的,没问题,我们坐下来说说话。那你告诉我,你希望我们坐下来说什么?"

柳叶渡怒气冲冲地说:"你看,你都承认不知道说什么!你和外面的人成天有说不完的废话,回到家和我就没有什么要说的话,你这样,对我公平吗?这也许是你要的婚姻,但我告诉你,这不是我要的!"

这时候,萧冬桦和我,不知道谁更吃惊。

半晌,萧冬桦说:"你要的,我愿意去努力。"

"有那么难吗?你觉得那么难,是因为你没兴趣。我不明说,等不来;明说了呢,你勉强去做,像应付差事一样,多无趣!"柳叶渡脸上的酒晕重新变得很浓,可是说话倒还有逻辑。

萧冬桦说:"不勉强不勉强,我会去做的,我希望你明说,有什么要求都说具体点。"

"我不说,我懒得说。你自己想想吧。"

我说:"你就作吧。"

萧冬桦赶紧说:"没有没有,她倒是不作的,她一向很好脾气的,属于好养的那种,是我不够关注她。"

柳叶渡听见了,明显气消了大半,但嘴上还是不饶人:"什么叫好养?我又不靠你养!"

萧冬桦说:"是是是,你根本不靠我养,你是独立的职业女性,所以我更应该让我们的家庭生活有质量。"

柳叶渡白了他一眼,他又加上一句:"还要有情调。"

看到一个堂堂男子汉这样低眉顺眼、唯唯诺诺,我都觉得有点为他难过,我对着柳叶渡说:"你就作吧,你。"

柳叶渡说:"我怎么作了?我又不是要他牵一只骆驼穿过针眼,又不是要他用客厅里的地毯就带我飞到撒哈拉,我只是要他看我的时候两只眼睛能聚焦,我只要他每天晚上和我好好说说话,我过分了吗?我不过分!我要的不多!"

萧冬桦说:"要的不多,我可以的。你再说具体点。"

柳叶渡把酒杯往桌子上一顿,"很简单!我要你每天晚上有半小时以上,不可以做别的事情,不开电脑,不看手机,专心和我说说话。"

"半个小时,不开电脑,不看手机,没问题。聊什么?总不能天天说我爱你说天气说晚餐好不好吃,你希望是什么话题呢?"

"上天入地、古往今来、经济医疗、时尚娱乐、文学音乐、科学新知、花鸟虫鱼,什么都可以啊。但是有一条,要有意思,要两个人都真的感兴趣。你不能边说边打哈欠,你要两眼有光……反正我有的是话题,你没有话题,你自己去想。"

萧冬桦轻微地皱了皱眉,但马上说:"好好,我准备。"

我嘲讽地问:"你还有什么要求?"

柳叶渡居然马上加了一条:"要坐下来,要看着我的脸。"

萧冬桦愣了一下。

柳叶渡说:"怎么啦?看着我的脸,很难吗?是你怕看久了爱上我,还是我很难看,让你都不愿意看?"

萧冬桦说:"看!一定看着你的脸。"

我刚想笑出来,这时候,柳叶渡突然哭了起来,"弄得像签合同!什么夫妻,连让你看看我的脸,也要写到条款里。这样一项一项谈判,其实已经一点意思都没有了!"

萧冬桦似乎愣住了,又似乎有点生气,或者有点狼狈,这次他没有说话。

"怎么会这样啊?怎么会这样?"柳叶渡越哭越响了。她的妆这次彻底完蛋了,局面完全失控。

我说:"她喝多了。你们回去吧。"

那天，我自己回到家以后，拿出一本好久不看的相册，看了大学时代的照片。

其实，就是到了大学，我们也都还没长开，每个人的脸都显得青涩突兀，打扮也基本上没法看，但就是有一种什么，一下子就把现在的我们比下去。不是身材的纤瘦，不是紧绷的皮肤，不是头发的浓密，是一种懵懂之中对未来怀着无限希望的精气神，使我们看上去像一方方新的青砖，崭新的，完整的，棱角分明的，有一种此后不会再有的完好、新鲜和盛大。突然想起了几句诗："那时我们有梦／关于文学，关于爱情／关于穿越世界的旅行／如今我们深夜饮酒／杯子碰到一起／都是梦破碎的声音。"

不知道为什么，我一直忘不掉柳叶渡哭泣的样子。那一瞬间，被某种情绪推了个趔趄的她，像一朵开在迷惘和伤感的水汽之中的紫丁香，任何人，只要看见了，就无法忘怀。

后来我明白了，在那一刻，我终于在上海这座现实主义的大本营，看到了一个女人对完好爱情理想的盛大凭吊。虽然不太具有现实感，但是那泪水好像是一排透明的针脚，在那一瞬间不可思议地缝合了理智和情感，现实和梦幻。这两者，我本来以为像被海洋分开的两块陆地那样毫不相干了，但是那一刻，我的闺蜜，柳叶渡，一个三十五岁、依然美丽、夫妻和睦、生活安定的女人，让我记起了海洋的下面，通过大陆架、大陆坡、大洋底，这两块相隔遥远的陆地依然相连。

2021 年 8 月 20 日写毕，11 月 8 日改

你走后的花

林疏云是个不常见的人。她和我有点牵丝绊藤的亲戚关系，我妈妈解释过，但那像城隍庙九曲桥一样复杂的关系太占大脑内存，所以我听了根本不想记，只知道她约等于我妈妈的表妹，或者是表妹的表妹，即表妹之平方。我妈妈说好不容易认识一个名人，要我套近乎，叫她"姨"，我觉得庸俗，不太愿意。后来见了她以后，完全忘记了这个所谓辈分，我叫她云姐姐。我妈妈当时就说：嘎没礼貌，可以吧？要么叫云姨。我说：现在都流行"单叫"。我妈妈说："单叫"是什么意思？我说：就是不管辈分和关系，一对一，单线联系，每个人自己感觉叫什么好就叫什么。话音未落，我的头上已经挨了我妈妈一个毛栗子。

云姐姐笑了起来。

"你笑起来真好看。"我说。

其实即使不考虑所谓的亲戚辈分，好像应该叫林老师，因为我十九，她三十八，而且我投靠她有拜师学艺的意思。或者叫一声林总，也是安全的。因为她其实开着公司，而我，也可以算是她的员工——至少半个员工。但是，我一见到她，就知道应该叫姐姐，不可能叫别的。当时她站在门口迎接我们，颜色暗沉的旧红砖房子，满花园鲜花盛开，她穿了一件白色的衬衫连衣裙，非常瘦，像一羽仙鹤一样站在那里。

人的美和好，其实也是分等级的。有时候，人很好，人们会觉得配得上一个很好的环境；但是有的时候，人们觉得环境必须极好，才配得上一个这么好的人。见到云姐姐的那天，就是后一种情况。我突然想到那些有钱的男人为什么会想金屋藏娇，除了占有欲和保护欲，应该也有一种冲动，为了把他们觉得美好的人，放到一个他们觉得相称的环境里吧？所以，也不一定都像我过去觉得的那样油腻猥琐。十七八的人，很容易对任何人任何事表现出鄙视和厌恶，但是进了大学以后，我开始觉得滥用这个特权没多大意思，表面上看有点酷，其实就是"中二"后期的症状。虽然我还不确定自己是否打定主意要成为一个成年人，但是开始觉得：很多事情，先知道得多一些再决定态度，好像更好一些。

为什么，我不清楚，但第一次到云姐姐这里，我就感觉到，后来我又不止一次感觉到，乱哄哄、吵吵闹闹的世界到了云姐姐这里，会安静下来，变得有条理有秩序，而且显得简单了。一些事情和东西变得干净了，那些实在无法变干净的事情，会退到很远很远的地方，变得像影子一样，又虚又模糊，原本给人压迫感的，成了可以忽略的存在了。

有云姐姐在的地方，空气好像被过滤了，透明，清新，微润，呼吸起来很顺畅舒服。

她是一个什么样的人，我说不好，以我十九年的人生阅历，我肯定无法了解她，但是我不傻，我知道，林疏云是一个不常见的人。

嗯，按照台面上的分类，林疏云是个摄影家，开了一家摄影工作室，叫"光影空间"。按照一般人不说出口的分类，林疏云是个美女，是个有钱人，而且是靠自己打天下的那种有钱法。这一点，在上海是女性令人刮目相看的终极必杀技。

在上海，妙龄美女被无限爱怜地说成"好看小姑娘"，这些好看小姑娘若是投胎了好人家，靠父母生来有钱，很好，而且没有原罪，自然是上等好命，但似乎缺了些茶余饭后的细节和嚼头；在上海人心目中，好看小姑娘当然也是可以靠男人变得有钱的,大部分上海人看到好看小姑娘嫁了真正有钱人,都会松一口气,不知道是替她还是替自己放下了一份心。但羡慕之外,似乎又有一点说不出的隐隐的惆怅和遗憾——因为只是嫁得好,总归只是嫁得好,和那些长得一般却事业上横刀立马叱咤风云的女子分不出绝对胜负来。

如果长得好,出身也好,明明可以嫁得好,偏偏靠自己闯出来,这才是传奇。美貌,好出身,有本事,名也成利也就,这才让人服帖,才是真正"么闲话"(没话说),这样的女子才是上海人心目中的绝世大美人。这不是挑剔,这只是说明:平时再现实不过的上海人,内心的深深处,其实又是喜欢传奇的。

我在上大学,社会学专业的,自己并不喜欢这个因为分数而偶然被扔进去的专业,就想另外学点什么。另外学点什么呢?其实我也不知道。后来因为我至今也记不清的九曲桥一般的亲戚关系,由某个比我妈妈更能拉拉扯扯的亲戚出面介绍,终于有机会拜林疏云为师学绘画和摄影,同时在她的工作室做一份兼职。我的工作,主要是在她的工作室里打打杂,后来也兼她的助手。她原来有一个助手,但是去年生孩子了,然后似乎有点产后抑郁,状态很差,超过半年了还不能来上班。她给云姐姐打电话，说着说着就哭起来，她又担心自己的位置被人取代，又担心因为她不能上班而耽误工作室的运营。我觉得这个女人有点奇怪，这边是老板呀，又不是你妈，你这么放心地"巨婴"？好像在哪里看到一本书，叫作《巨婴国》，封面上的提要是"大多数成年人，心理上是婴儿"，还真的是。但云姐姐像哄孩子一样地说："不哭不哭，你不要担心，我没问题的，现在来帮忙的这个孩子很得力。嗯嗯，你的工作我给你保留，对对，是我说的，你觉得可以了随时回来。你先好好照顾宝宝，也照顾好自己。"

我不是什么孩子，我已经在为自己走上社会做准备了。比如我高考一结束就去考了驾照。家里虽然不缺钱，但是我还是很努力，一周去云姐姐那里四次以上，而且只要学校没有课，我是全天候在线的。只要拿着手机，我就等于在云姐姐那里上班。如果她要去外地，我就几分钟之内帮她订好飞机票、高铁票和酒店房间。因为熟知她的身份证号码，所以我才知道她三十八周岁了，要不然仅凭外表很容易把她当成我们学校的研究生，最多也就是博士在读的二十七八。如果是上海本市，那么开车接送，帮她拿三脚架、反光板，都是我的工作。云姐姐不知道是有点艺术家的脾气，还是双鱼座的迷糊和懒，反正她不会开车，不会网上预订，也很少网购。

我爸爸妈妈曾经以为我的工作是帮她背摄影包，错得离谱。林疏云的摄影包轮不到我背，从来都是她自己背，那里面有好几个镜头，万一弄坏了是我卖身也赔不起的。况且我是女孩子，她也不是油腻中年大叔，卖身这招对她这样的女老板显然也行不通。

云姐姐的工作室在市中心一条弄堂里，建于上世纪三十年代，走进这种弄堂，如果没有人，有时候会有一点恍惚，好像自己穿越了，或者不小心闯进了一个《上海滩》之类的电影拍摄现场。这里是新式里弄房子，每栋楼是连着的，每当我看到这种房子，总会想：其实后来很流行的连体别墅，上海早就有了。这里的每个号码代表一个单元，楼下前面都带一个花园或院子，每个单元有大小，但都是三层楼，而且基本上每层楼两间房间。这里的住户情况各式各样，有的是每层楼一户人家，有的是每层楼两户人家，也就是一家一间房，也有的，是整个单元一户人家。而云姐姐，是整个单元住一个人。像她这种情况，整条弄堂里应该没有第二个了。云姐姐怎么能在这种地段拥有一个新式里弄单元的呢？虽然这里的房子都没有产权，但是仅仅是买下一个单元的使用权，那个价格也是和一般人没有关系的。我妈妈也忍不住好奇，去问了那个介绍的亲戚，那个亲戚说：林疏云和父母很早就住在这里，当时是一家四口住其中的一层，林疏云还有一个姐姐，后来姐姐移民了，父母也跟着出国了，她却不走，而且出钱买下了另外两层。"一个人，独门独院，这个女人，结棍哦。"我妈赞叹道。我却觉得，她可能只是因为住惯了这里，不愿意搬家，又因为不喜欢和人交际，所以用钱拒人于千里（小楼）之外。

云姐姐的单元是77号，在第三排最靠里面的位置，这个号码，这个位置，我都特别喜欢。一楼是对外的区域，有摄影作品陈列，也有一些和摄影有关的文创产品，是陈列品，也可以卖。平时来的人很少，很安静，一楼更多的是云姐姐的会客区，我看见过她在这里拒绝或者签下了一些合同，还有和不多的几个朋友、亲戚喝咖啡。我的办公桌也在一楼。二楼是云姐姐工作的地方，两间打通了，五十平米的面积，放了一张巨大的胡桃木桌子和五六个胡桃木书架，胡桃木桌子的旁边是一张带圆弧的白色电脑桌，上面是一台苹果电脑。除了淡黄色的蔷薇花在窗外轻轻摇曳，这个工作区域看不出性别色彩和个人偏好。三楼是她的卧室，什么样子，我就不知道了。二楼通向三楼的楼梯口，

你走后的花　　261

有一道厚实的布帘子，挡住了任何人的视线。

云姐姐的工作大部分不需要人上门。她多年来在网上开摄影课程，都是免费的。我也浏览过，有的看得懂，比如什么情况下要用长焦镜头，如何避免大光圈导致浅景深，让画面清晰的几条铁则，有的则有点乏味，比如70—200mm的镜头和100—400mm的镜头是什么意思，快门维持在1/100s以上……但看后面的跟帖，反响却非常热烈："谢谢林老师！你一下子帮我解决了难题！""林老师，永远滴神！""按照武林秘籍尝试过了！一剑封喉！林老师威武！"

我疯狂建议她可以做成网上课程来卖，一季十讲，99块，由她亲自出镜，可以这样打广告："国际摄影大赛获奖者倾情传授 仙气美女摄影家林疏云首次出镜！每讲仅售9块9！"如果卖出去一万份，就是99万的进账，两万份，198万的进账。她笑了，我觉得她要说：真俗气。但是听见她说：不着急。云姐姐就是这样，十分脱俗，但是不标榜，而且给人留面子。

我说：有钱人啊。

云姐姐笑了，说：这和钱没关系。

我再喜欢云姐姐，也知道这个她肯定错了，当然和钱有关系。云姐姐除了是这个新式里弄单元的主人,她还是一家国际著名的图片库的签约摄影家,每年提供一定数量的摄影作品,放在那个图片库里出售,主要是风景,也有少数民族生活和非遗手工艺制作。平时她的工作包括,为杂志拍一些时尚家居和平面模特儿的照片,为企业拍新品上市用的静物照,或者某个宾馆的室内软装的图片。像她这个档次的摄影家,都是被指名邀请,报酬按天计算。我第一次知道的时候倒吸了一口凉气:她一天的出场费,抵得上许多年轻白领半年的收入。这保证了工作室的日常运转和她的衣食无忧,也保证了她以一种懒洋洋的状态在上海这个城市里生活。她很节制,平均一个月只出去两次,超过两次就一定安排到下一个月。我注意分析了她的选择,看不出什么道理,好像主要是凭兴致。她偶尔也会去拍一套室外的结婚照片或者全家福照片,这纯粹是因为亲戚朋友来纠缠。双鱼座很不擅长拒绝别人,但是我知道,她不喜欢拍人。我想想也是,她是单身的,好像也没有男朋友,让她去面对别人的甜甜蜜蜜或者四世同堂,是不容易愉快。但她仿佛要纠正我似的,说:"我不太喜欢观察人。"

她喜欢观察什么,我不知道,那些时尚家居、那些静物,都只是工作吧。她喜欢观察什么?风景?少数民族服装?

非遗工艺品？对了，是不是花呢？她经常在花园里研究她的花，春天，夏天，把双手都晒黑了。

我喜欢拍花。但是我拍出来的花总是没有我眼前的好看，我已经学会虚掉杂乱的背景，但还是不行。明明很浓烈很深邃的颜色，拍出来就泛出金属般的虚假的光；明明很飘逸，拍出来就很呆板。云姐姐看了说：没有感觉。我问怎么办？她的指导很笼统：你多拍拍，就会有感觉。我瞪着她。她笑了，给我看她拍的花的照片。我惊呆了。她拍得那么好，所有的花在她镜头中像个精灵，在光线中似乎是燃烧的，然后她们一边燃烧，一边舞蹈，窃窃私语、轻轻叹息、神秘微笑或者绝望哭泣，她们不像植物，她们像人。但是，人哪有这样美？美得没有瑕疵？哪能这样深不见底却又纯洁坦荡？明明也只是一个形体，但这些花朵却好像只有灵魂，没有形体。所以，她们是精灵。精灵有精灵的识别能力，所以，当她们遇见云姐姐，突然就露出与平时不一样的表情，对她倾诉出平时绝不示人的秘密。

我一直以为自己跟着云姐姐学，有希望将来也成为像她这样的人，顶着艺术家的名头，衣食无忧，只做自己喜欢的事情，凭兴致安排工作日程，舒舒服服过一辈子。那天，我意识到，我做不到。因为有些事情，真是有命的，云姐姐成为摄影家,不是因为她努力,而是老天爷赏饭吃,她拍花能让我想流泪,我除了一个大写的"服"字,还有什么话说?到目前为止,我看不出老天爷给了我这样的天分和才情,我可能还是得收心去做一个上班族养活自己。

"办摄影展啊!做周边来卖啊!"为了掩饰复杂的心情,我这样说。云姐姐照例说:"不着急。"然后她抬起头,有点羞涩地问:"你喜欢吗?"这是云姐姐的第二个特点,她经常有些不确定自己的能力,有时候还有与她的成就和名声很不相称的怯生生。比如此刻,谁会想到像她这样的一个摄影家,还需要我这样的人的肯定呢?事实上,我一直以为自己没有资格评论她的作品,此刻赶紧说:"太喜欢了!看了不知道为什么有点想流泪!很难想象是怎么拍出来的!"她笑了,露出放心的样子:"你喜欢啊,太好了。"居然有点像一个刚知道考试成绩的学生。

云姐姐是一个不常见的人。

还有一次,我们路过一个食品店,门口的摊子上在卖艾草青团,她想买,一听一盒三十六块,居然小声对我说:"好贵啊。"我倒吸一口凉气,也懒得笑话她,说"我送给你!"于是刷手机给她买了一盒,她居然很开心地收下了。过了好一会儿,小小声地说:"很多年没有收到过人家送的点心呢。"我翻了一个白眼,无言以对。她的一个镜头,可以换一辈子的青团了吧。

她这个人脑回路和普通人不一样。过去我不相信世界上有不食人间烟火的人,但是认识云姐姐以后,我知道有。而且老天有眼,偏偏这种人还真有本事,偏偏还生在了女性特别受尊重和善待的上海,只要她愿意,就可以这样大隐隐于市,在大都市的万丈红尘中自在地活一辈子。

我越来越喜欢云姐姐,引起了我妈妈的注意。我觉得她在暗暗妒忌,当然她表现得很含蓄。"伊漂亮倒是蛮漂亮的。"老一代的上海人谈论女性,永远是以谈论相貌开头。我说:"人家不叫漂亮,而是好看,主要是看了舒服。""名字也蛮好听。"我说:"她对得起这个名字的。"我本来想说:她很脱俗。怕妈妈受不了,就没有说出来。真的,我妈妈其实也是个各方面过得去的女人,也有上海女人通常有的一些优点,比如公共场合说话声音比较轻,比如还算见过点世面,有些时候知道钱只是钱而已,并不恶形恶状地算计或者吝啬……但是和云姐姐相比,唉。怎么说呢?也许是她重心太靠前、凡事太刻意,也许是她太容易焦虑了吧,又或许是她还是会有意无意地和别人比较,活在别人的目光里吧,反正她身上还是有一股俗气,不明显,但就是有。

俗气真可怕，不在于浓淡，而在于，用我中学语文老师最喜欢的成语说，叫做——挥之不去。

云姐姐从来不会和任何人比较的。她似乎不太清楚别人在想什么，她也从来想不起来要对别人解释自己在想什么。不只如此，很多别人在乎的事情，完全不在她的世界里。有时候，我会觉得她好像一直在做梦，和她说什么，她才被惊醒，有点迟疑和恍惚，需要一点时间才能完全清醒。

她从哪个大学毕业？为什么选了这个行当？结过婚吗？有过几个男朋友？是不想结婚，还是没有对的时间遇到对的人结不了婚？她打算独身到底还是随遇而安？她会想当母亲吗？她去冷冻卵子了吗？她这么"单"着，父母不会催吗？她和父母关系如何？对了，她父母还健在吗？这些，我闪闪烁烁试探过，她的回答都不太像回答，一副想说清楚的样子，但是听上去就是不清楚，我就像拿着一架相机，无论怎么调焦距，始终虚焦，最后我只能把相机放下来了。

有一天，我下午到工作室。那天我上午有课，吃过午饭坐地铁到工作室的时候，看见云姐姐坐在门口的台阶上。她仰着头，望着头顶的蔷薇花架，或者是透过花枝的天空，因为是侧面，她整个人显得格外纤细轻盈。对了，我们的蔷薇不是通常的粉红色，而是淡黄色的，更小，开得更密，在花架的边缘泻下来，像瀑布一样。在那样的鲜花瀑布下面，孤单单地坐着一个纤细的女子，那个构图真好看，但是也透着一股说不出来的寂寞。

我大步跑过去，"云姐姐，你怎么坐在这里？"

"门被风吹上了。"

果然门是关着的。不用说，钥匙在里面，但是她手上握着手机。

"你等了多久？怎么不打电话给我？"

她没有回答。对这些没多大意义的日常对话，她经常用不回答来终结。

我知道有什么事情让她心神不宁，于是我去给她做咖啡。她喝咖啡的口味很单一，就是意大利进口的LAVAZZA咖啡豆，然后用一个松下全自动研磨现煮咖啡机做成一杯浓浓的黑咖啡。我问过她：为什么选这个咖啡豆？她说：卖的地方离我近。我说：网上可以买无数种咖啡豆。她说：喝惯了。我问：要换一种吗？她说：不用麻烦了。她喝咖啡不加奶不加糖。我问过：为什么呢？她说：不用麻烦了。我也曾经对着她工作的脊梁说过一句：你这样每天喝好几杯黑咖啡，老了会骨质疏松的。她停了一秒，然后端起咖啡喝了一口，头也不回。我只好闭嘴下楼。

今天有点不一样。我把咖啡倒进纯白直筒六角形杯口的咖啡杯，放在纯蓝色的六角碟子上，端给她的时候，她的眼神使我在她对面的沙发上坐了下来。"怎么啦？"

她说："同学聚会。"

我很奇怪，按理说，像她这种性格，对同学聚会应该是无感的，而且不去就不去，根本不会有任何纠结。然后我们涩涩地聊了一会儿，我大概明白怎么回事了。

今年是他们入大学二十年，当年的班长给她打了电话，说希望全员出席，连国外的同学也会特地回来，而她从来没有参加过同学聚会，大家都想念她，要她这次无论如何要参加。她倒不是情面难却，而是觉得如果不去，还会有老同学不停地来劝，也很麻烦，所以有点想去，因为随大流去一下，安安静静地应酬一下，反而省事。可是她有一个不敢见的人。这个老同学当年追求过她，全班人人皆知，她完全不喜欢他，他偏偏很执拗，弄得场面非常尴尬，她非常窘迫非常讨厌，所以她毕业以后再也没有回过母校，也没有参加过同学聚会。

"班长明明知道的，为什么还要叫我去？"她抱住自己的肩膀，明明是四月，但好像有一阵阵寒风不断地吹过来，只吹到她一个人身上。

"那么多年的事情了,大家早忘了。"

"就算班长忘了,那个人也不会忘。"

"他早结婚了。"

"他结婚了?你怎么知道?我没听说啊。"

"三十八岁,按照常理,不但结婚了,孩子都上学了。"

"可是……当年我明确拒绝以后,他还给我写过一封信,说要一直等着我。"她依然愁苦。

我忍不住哈哈大笑起来。笑得窗外蔷薇架上的麻雀都惊起,扑鲁鲁飞走了。

好多年没有听到这么好笑的段子了。哎呀妈呀,太好笑了。我初中二年级都比她成熟。一个快四十岁的女子,居然还相信一个二十年前男同学情书上的话,这种被拒绝以后例牌的抒情。一个这么成功的艺术家,一个这么干练的社会人,居然不知道怎么处理这样的人际小纠葛。如果这是别人告诉我的,我一定会说:不会吧不会吧,不会还有这种人吧?不,不是我一个人,是我们全班,全校都会这么说,而且都会笑得比听德云社相声还要厉害。

那天,我觉得我帮了云姐姐大忙。我让她相信,那个男同学，要么早就成了一个天天接送孩子的模范爸爸，要么开始努力健身控制腰围同时搞婚外恋了，无论哪一种，都不会再对当年的女同学继续骚扰了。云姐姐一脸的"原来如此"，我知道，从今以后，那个男同学再也不会在她的噩梦里出现了。

我顺便赞成了她不去同学聚会的内心想法。"像你这样的人，不要委屈自己了。""可是，我怎么说呢？""就说你在外地。""我不能撒谎。""拜托，云姐姐！这不叫撒谎，这叫找借口。"她突然说："一直说要去莫干山拍风景的，那就那两天去好了。说在外地，就真的在外地。"我愣了一下，然后说："这是个好主意。"她似乎已经看不见我了，自言自语地说："应酬，撒谎，我都不喜欢，都不要勉强自己去做。"我的天哪，她为了躲避不喜欢的社交，居然要逃到外地去。林疏云果然是个不常见的人。

我看了一下，那几天正好是周末，我可以陪她一起去，云姐姐很高兴，让我马上就订了房间和票。云姐姐的表情，看上去，不光是如释重负，简直是兴高采烈了。

暮春的午后，光线本来很强烈，但是被茂密的蔷薇花架一遮一滤，就变得柔和，照进房间，带着一种不确定和抒情性。在那个时刻，胡桃木主调而光线柔和的房间里，被搅动了的往事和咖啡的香气,给云姐姐的一身白衣染上了古旧的感觉,让人特别想在她面前坐下,多聊一会儿。

"云姐姐,你不喜欢那个男同学,为什么呢?"

"不喜欢,没理由。"

我想想也是。但我其实不是要问这个,所以我又说:"你当时有男朋友吗?"

她迟疑了一会儿,说:"没有。"

就在我不知道怎么继续问的时候,她说:"但是我有喜欢的人。"

我大吃一惊,停了几秒钟,觉得自己不追问肯定会后悔至死,于是我说:"你是说那个时候呢,还是现在呢?"

"都是。"

"那个时候有喜欢的人,现在也有喜欢的人?"

不知道为什么,我有点紧张,喝了一口咖啡,然后这口咖啡并没有顺利通过我的喉咙,因为云姐姐很平淡地回答:"是同一个人。"

什么?这是多少年?前面听到他们入学二十年,如果这个人是云姐姐一进学校就喜欢,那么距离现在二十年,即使是大四才喜欢,也距离现在十六年。至少是十六年。

同一个人。

同一个人。

同一个人。

那天我脑子的显示屏好像出了点问题，就是这四个字，一直生长，满屏之后进入下一个页面，继续生长。

林疏云确实是不常见的女人。可……也太不常见了吧。

三十八岁女人的内心，我读不懂。那么我可以仔细看看花园。因为我总觉得，这个花园和云姐姐的内心有某种隐秘的联系。

在一般人心目中，她是艺术家也好，有钱人也好，在我心目中，她有几个标签：美人儿；真正的艺术家；脱俗的人；园艺高手。说起来，我在云姐姐这里看到的花的数量，超过了我过去十八年的总和。

现在我已经知道了，包围着整面墙的花，并不是我一直认为的蔷薇，而是木香。每一朵的样子有点像小型玫瑰，黄色，开出来以后变淡一些，所以满墙深深浅浅的黄。虽然那么密，也算得上花团锦簇，但丝毫不张扬，只是随便开着，因此格外清爽，格外轻盈，也非常透气。三四月的时候，木香瀑布就会冲刷云姐姐的小楼。

有一次她说："木香花湿雨沉沉。"我惊讶地问："你写的诗？""不是我，是汪曾祺。""他是诗人？"她看了我一眼，迟疑了一下，说："一个作家。"我觉得有点尴尬，不好意思再问："你喜欢这个作家吗？他还在世吗？帅不帅？"幸亏我没有问，后来我在网上查了一下，羞愧得无地自容。面对着满墙的花，我刚弄清楚这是木香，她却在那里念这样一个作家的旧体诗。

除了木香花，花园里到处都是蓝色、紫色。许多花，我问过云姐姐，她告诉我了，都是我从来没听过的名字，我听过又忘了，不好意思再问，所以经常偷偷在手机上再查植物识别软件来确认。

好吧，忽略掉我有点狼狈的学习过程，我终于认识了云姐姐花园里的花。最早开放的是二月兰，紫色的。三月底到四月初，和木香差不多时间开放的，是蓝色风信子，颜色有淡蓝色的和蓝紫色的。紫花地丁，紫色的。然后是大花飞燕草，深紫色的。婆婆纳，蓝白相间的。鸢尾，蓝紫色的和紫色的，花很大朵，有复杂而精致的花瓣。马兰花，和鸢尾有点像，花瓣细长一些，颜色也淡一些，有浅蓝色和浅蓝紫色的。鼠尾草，小小的一串一串，蓝紫色。薰衣草，深紫色，一穗一穗的，花苞只米粒大，开出来却有强烈的香气。还有蓝花绿绒蒿，这种花有点像小牡丹，但却是一种少见的蓝色，有点梦幻气质，开出来令人惊讶。夏天，上面一大簇一大簇、下面花干很挺拔的是百子莲，紫色的……

77号的这个花园，高高低低、疏疏密密、浓浓淡淡、大大小小，都是蓝色和紫色。颜色非常好看，非常有个性，也非常不普通。只不过天气不好的时候，就有点……压抑。

我有一次说："多种一些白色的花，把你这些蓝颜料和紫颜料调淡一点。""蓝颜料？"云姐姐愣了一下，然后笑了。她笑起来，真是让人有拍下来的冲动，因为她实在很少笑，而且实在很好看。

后来我发现不需要多种白色的花。因为云姐姐一年四季总是一身白，而且不是米白、本白、灰白，就是很坚决的纯白。她走在花园里，就像一朵白玫瑰白郁金香白海棠，所有的蓝紫色的花朵，都在衬托她，那才叫好看，一种干干净净、有透明感的好看。

我忍不住和男朋友说："这种好看，真是很奇怪，明明很透明，但就是和一般人很有距离。可是那么有距离吧，还偏偏让人想靠近她，好像她身上有天大的秘密似的，然后一靠近，又觉得她很透明……这样循环往复，直到无穷。"

我的男朋友是我的学长，是个上海出生、上海长大的人，这种人好就好在没吃过苦，从脸到内心都干净平整，吃亏也吃亏在这里，生来坐享其成的人总是懒的，他就不爱想任何他觉得可以不想的问题。

但是他嘴甜，所以他说："那我也不会爱上她的，我只喜欢你。"这种人，让我说什么好呢？

我后来查了这些蓝紫色的花的花语，乱哄哄的各种说法，看了不得要领。听云姐姐说，她很喜欢这棵巨大的老木香，使这幢楼和周围的所有建筑都不一样。也许她最爱的是木香？于是我查木香。

木香花是攀援小灌木植物，高可达 6 米。小枝圆柱形，无毛，有短小皮刺；老枝上的皮刺较大，坚硬，经栽培后有时枝条无刺。小叶 3—5 枚，稀 7，连叶柄长 4—6 厘米；小叶片椭圆状卵形或长圆披针形，长 2—5 厘米，宽 8—18 毫米，先端急尖或稍钝，基部近圆形或宽楔形，边缘有紧贴细锯齿，上面无毛，深绿色，下面淡绿色，中脉突起，沿脉有柔毛；小叶柄和叶轴有稀疏柔毛和散生小皮刺；托叶线状披针形，膜质，离生，早落。

花小形，多朵成伞形花序，花直径 1.5—2.5 厘米；花梗长 2—3 厘米，无毛；萼片卵形，先端长渐尖，全缘，萼筒和萼片外面均无毛，内面被白色柔毛；花瓣重瓣至半重瓣，白色，倒卵形，先端圆，基部楔形；心皮多数，花柱离生，密被柔毛，比雄蕊短很多。花期4—5月。

什么嘛。接着看——

产自中国四川、云南。生溪边、路旁或山坡灌丛中，海拔500—1300米。全国各地均有栽培。

生长习性：喜阳光，亦耐半阴，较耐寒，适生于排水良好的肥沃润湿地。在中国北方大部分地区都能露地越冬。对土壤要求不严，耐干旱，耐瘠薄，但栽植在土层深厚、疏松、肥沃湿润而又排水通畅的土壤中则生长更好，也可在黏重土壤上正常生长。不耐水湿，忌积水。

也看不出什么。对了，花语呢？

木香的花语是：爱情的俘虏。一生只爱一个人。

我觉得，我找到谜底了。谜底是一个人，就是云姐姐喜欢了至少十六年的那个人。可是，那个人，为什么不爱云姐姐呢？云姐姐这样的女人，我觉得只有男人不敢表白，不会有男人不喜欢的呀。他们两个到底为什么错过？当初发生了什么？云姐姐为什么到现在还没有放下他？既然没放下，为什么不能去找他呢？

那个男人知道云姐姐在这样一个花园里想着他吗？

那个男人，他在哪里呢？他——还活着吧？

云姐姐决定办一个摄影展，这很正常，五六家美术馆、七八家展览馆，一直在等她，连我都帮着一起操办过两次了。一个摄影家办一个摄影展，这非常正常。但是起因却不太正常。

那天我一到，就看到云姐姐蹲在花园的角落里。不知道是专心赏花，还是门又被风关上了。当我走近她，她抬头看我，我发现她眼睛里都是泪水。我吓了一跳，出什么事了？她指指眼前。咦，花园里什么时候有这种花的？细细一枝花茎抽出来，上面疏疏几朵雪白的花，花瓣像玉做的，中间有一些紫色的斑点。叶子宽宽的，像兔子的耳朵。

我惊讶地问："这是什么花？"

"兰花。"

兰花就兰花，再好看也不至于让你哭出来啊，一定有别的原因。我不知道怎么问，就胡乱装出勤奋好学的样子："这花很难养吧？这两年没见它开过。"

"十六年前开过一次,就一直没有开。我以为它不会再开了。"云姐姐突然起身,进去了。等她再出现,我看到她换了一身防水工装,长发也紧紧地盘在脑后,手里拿着相机。这是我第一次看到她在自己家里拍照,而且她显然把我当成空气了,独自一言不发地在那里忙碌起来。

这种兰花每一朵都微微低着头,所以云姐姐起初是蹲着拍,后来她改成跪着。我满肚子的好奇,但是那天,当我看见云姐姐在花园一会儿跪一会儿直接趴在地上的时候,觉得自己问不出来了。为什么,我不知道,但是至少在那一刻,我知道我不但不能唧唧喳喳,而且,不能开口说一个字。

拍完兰花,云姐姐一边往房间里走,一边用交代工作的冷漠语气说:办个展。今天马上定一个场地。

我拿出手机,开始记录。

"你希望的时间?"

"越快越好。"云姐姐说。她怎么不再说"不着急"了呢?

"主题是什么?"

"是花。内容从你上次看过的那些照片里面选,加上今天的兰花。"

"题目待定?"

"不，就叫《你走后的花》。"

"通知媒体吗？你——配合宣传吗？接受采访吗？"

"嗯。"

"包括上电视、拍视频吗？"

云姐姐犹豫了一下，说："包括。"

林疏云办摄影展，而且这次愿意配合宣传，愿意破例上电视，这个展当然是三天内就谈妥，两周后就在一家很有设计感的美术馆开展了。网上预约的观众已经爆满了，展期一星期，一星期人数都满了，美术馆正准备延长三天。

开展的前一天，云姐姐又蹲在那棵兰花面前，我不知道为什么，觉得有点紧张，就又假装好学地问："这个品种叫什么名字？"

"兔耳兰。"

"这花名贵吗？你这么宝贝。"

"是他送给我的。当时，我们在山里面发现了这棵兰花，就这样开着花，他说想把它送给我，于是我们在山里一直等到天亮，把它挖出来，带回了上海。"

我小心地挤过去，仔细端详，发现那枝花朵雪白的兔耳兰，每一枝花茎和花枝连接的地方都有一滴露水，很明显。

"这是兰露。"云姐姐说，"'槛菊愁烟兰泣露'，不是露水，应该是兰花自己分泌出来的兰露。"

我轻轻吸了一口气，空气中飘浮着一种我从来没有闻到过的，非常幽微又好闻得要命的味道。

云姐姐说："开了。这是下山草，很不容易开花。"

有一句话突然从我嘴里溜了出来："这次摄影展，他会来吗？"

"可能。"

"我能为你做什么？"

云姐姐递给我一个小布包。不，大概就是传说中的锦囊，蓝色的，上面还绣着紫色和白色的花朵。林疏云，她是不是从宋朝穿越过来的？

"到展览上，如果有人问你和我有关的问题，你就打开看。"比平时更不寻常的云姐姐这样吩咐我。

摄影展自然是很成功，很精彩的。那些作品大多数都是我看过的，就是因为看过这些，让我知道天赋这回事是多么的不可强求，观众的热烈追捧，证明了我虽然没办法成为云姐姐这样的人，但至少，我的眼光还是不差的，我莫名其妙地感到了一种安慰。

开展当天下午，有云姐姐和观众分享互动的安排，她和美术馆的人在贵宾休息室边喝咖啡边简单商量一下分享内容。这时候,我就在展厅里,站在回答观众咨询的柜台后。

那个男人一出现,我就注意到了他。一眼看上去,他就是一个不寻常的人。高个子,不,也许并不特别高,而是因为非常挺拔而显得高,脸的线条硬朗,幸亏狭长的眼睛带一点若有所思,嘴唇线条优美,把轮廓的硬朗调和成了俊朗。他长得有点像某一个明星,韩国的朴海镇?日本的柏原崇?我还没想出来,发现他已经向我走过来了。他的步态非常好看,舒展,利落,大庭广众之下走得好像在空旷的草原上一样,而四周的人自然而然地纷纷闪开,给他让出了一条路。我突然懂得了什么叫:如入无人之境。天哪,帅得不寻常的人,永远不用目中无人横冲直撞,所有人都会一边行注目礼,一边为他把路让出来。

这个男人很快来到我面前,微笑着,对我说:"林疏云在吗?"

来了。我心跳起来,但努力保持镇静,"您找她有什么事?"

"我想问她,'你走后的花'是什么意思?'你'是泛指还是特指?"

就是他了。锦囊里的小纸条,我早就取了出来,此刻我打开了它。不知道为什么,手指有点控制不住地微微颤抖。

没出息，云姐姐交给我锦囊的时候，是那么平静。

"请您先回答三个问题，然后我再告诉您答案。"

他有点惊讶地扬了一下眉毛，然后恢复了微笑，说："我试试。"惊讶的时候也这么帅，难怪云姐姐喜欢他。

"第一个问题，您知道林疏云的绰号是什么？"

"知道。我起的。"

"第二个问题，您知道她喝醉了是什么表现？"

他明显放低了声音："她会傻笑。"

"第三个问题，和她一起在山上守着一棵兰花等了通宵的人叫什么？"

那个男人的眼睛眯了起来，好像要藏住某个秘密，但是他的脸像大风天的天空，短时间内掠过很多的云。几秒钟以后，他说："我知道。"

我问："他叫什么名字？"

那个男人抬头望了一会儿天花板，似乎叹了一口气。我面前有一叠摄影展的小册页，他取了一张，在空白处写上一个名字，然后说："你交给她。"

我走进贵宾休息室，把这个递给云姐姐，云姐姐一看，猛地抬起了头，问我："是他本人吗？"

"他说，你的绰号是他起的。你喝醉了会傻笑。"我低声说。

云姐姐霍地站了起来,我正要带她出去,美术馆馆长对云姐姐说:"分享环节时间到了,该你上场了。"

云姐姐来到讲台上,她的眼睛带着一点湿润,还有一种不易察觉的盼望和迟疑,在场内寻找。我也在找。啊,那个男人!他还在,在最后一排最旁边的座位上。他们两人的目光相遇了,那个男人对她微微地点了点头,两个人的眼睛同时闪出了特别的晶光,那种亮,我过去只在珠宝店橱窗里的八箭八心钻石上看见过。

这时候,连续阴沉了不知道多少天的天空突然出现了阳光,明亮得让人有些睁不开眼睛的阳光。这样的阳光透过落地窗照进来,照得镜框里的鲜花都更灿烂,笑意也多了几分,一身白衣白裙的云姐姐在这样的阳光下像一朵强光中的花朵,从表面到骨骼都是透明的。当然她不是花朵,因为花朵没有她这样闪亮的头发,闪亮的笑容。

那天的分享会精彩极了。分享会后,那个男人很安静地等着,等到云姐姐给观众签完名,和美术馆的人告别以后,才走过来。

我一直在想,他们的第一句话会说什么呢?这时只听他问:"花还开着吗?"云姐姐答:"开着。"

"那，我们先去吃饭，还是先去看花？"他说得很自然，就好像他们天天见面一样。

这两个人在一起的样子，真是好看啊，好看到我发誓从此不再追剧嗑CP了，我只想嗑眼前的这一对CP。

云姐姐说："先吃饭，有一家餐厅，想和你一起去。"

他们一起轻轻松松地走到门外，我才发现，云姐姐是一身白，而这个男人是一身蓝。难道，云姐姐花园里的颜色并不代表忧郁或者压抑，而是代表这个男人喜欢的颜色？很可能啊。这些老人类，没有他们干不出来的事情！

我回到学校，对我的男朋友讲了这件事，我们飞快地查了网上的资料，发现那个男人是个建筑设计师，获得过国际大奖，哇，太帅了！和云姐姐很般配啊。有一张他接受采访的照片，他双手在一个建筑模型上方做一个手势，清清楚楚地看到手上没有结婚戒指。哇哇，好像云姐姐的真命天子，终于出现了呢！

男朋友说："你不要捏我的胳膊啊，这么激动干什么？"再往下看，访谈说他"这些年一直在欧洲发展事业"，膜拜，膜拜！可是，等等！这可不好办，他们两个人各自发展得这么如日中天，该谁做出牺牲向另一个靠拢呢？不是不同城市，居然不同国家！会不会这次短暂相聚，然后这两个人又分开了呢？动不动十六年，他们是要等到下辈子才在一起吗？

"哎，你说他们能在一起吗？"我心神不宁。

"谁知道？不过我觉得，这种人怎么过都会很精彩，不用别人操心。"这个懒人虽然没心没肺，但有时候说得也对。

附录：

"你走后的花"分享环节的问答

（我个人的不完全记录）

1) 拍花最重要的是什么？

——是耐心。要等待。

2) 等多久？

——等得忘记等待这件事。

3) 技术问题你是怎么解决的？镜头、光圈、快门速度、曝光、+EV，这些技术问题你是有意识的选择还是习惯性的？

——会自然而然做出反应，也不是选择，是一种自然的反应。

4) 为了最佳角度，你会把有的花放到高一点的地方吗？

——不，我从来不改变花的位置。要让花自在。

5）如果花是种在地上，而且花是低头的，是不是很难拍？像您这幅兰花，这个角度明显是很低的，你怎么拍到她的正面表情的呢？

——跪下来，或者全身匍匐在地。

6）这次摄影展的题目叫作"你走后的花"，是什么意思？"你"是指什么？

——最重要的那个人，唯一的那个。这个人在或不在，花的表情不一样，整个世界的光线都不一样。

7）遇到了那个"你"，为什么却让他走掉了？是因为彼此没有表白吗？

——也许是。

8）遇到喜欢的人，什么时候确定可以表白？

——确信即使表白了对方不接受，也不是因为自己不够好；无论对方怎么回应，自己都可以照样好好生活，就可以表白。

9）现在你达到这个状态了吗？

——应该是。（她笑起来真好看！）

2021年4月8日写毕

4月17日改定

兰亭惠

兰亭惠是一家在市中心开了二十年的餐厅,专门做粤菜。

粤菜在上海人心目中一向有地位,其他菜系走马灯似的此起彼落,粤菜始终稳稳地占据人气榜三甲。广东人到底会吃,而"懂经"的上海人到底也多。和它并列冠军的是川菜,本邦菜只能是探花。说起本邦菜,上海人的叫法也有意思,鲁、川、粤、苏、闽、浙、湘、徽八大菜系都明确说出地名,唯独上海菜,偏偏不叫"沪菜",叫做"本邦菜"。说什么在上海话里"本邦"就是"本地"的意思,其实多少透出了大上海各省交汇、八面来风的派头,各菜系都是前辈,名声也响,但毕竟都少不了到上海滩来争一席之地,而上海菜,就在家门口做大做强,"本邦"二字,表面上本分低调,但这份气定神闲好整以暇,不经意间就衬出了别家的劳师远袭。

正因为上海滩是这样各菜系兵家必争之地,加上上海市中心高昂的店铺租金,一家餐厅开了二十年,这可不是一件容易的事情。想了解一家餐厅的口碑,要到手机里"大众点评"之类 App 上查看?老上海人可不是这样做的。在老上海人心目中,即使是陌生的餐厅,只消把它的地段和开了多少年头说出来,就已经是不着一字尽得风流了。若不是菜式、服务、环境俱佳,有一批老客人追捧,新客人也不断慕名而来,是很难做到屹立二十年不倒的。

所以,兰亭惠这样的餐厅当然可信。当然也有缺点,就是价格的门槛。订餐软件上显示:人均 400 元,那大概是家族聚餐或者比较随便的同事聚餐吧,实际上,如果是请客,人均 500—600 才够像样。要是上燕鲍翅海参,人均就会很轻松过千。

就这样,兰亭惠的十个包房还经常是满的,不预订很难坐进去。顾新铭和汪雅君事先订了一个小包房,等他们五点一刻到了兰亭惠,跟着服务员来到包房门口,一抬头,见这个小包房名字叫做"鸿运当头",不约而同地站住了,汪雅君说:"不好意思,能不能换一个包房?"服务员有点奇怪,对讲机和不知道什么人商量了一下,说:"其他包房客人还没有到，我们调整一下，可以的。"于是带他们到另一间，他们一看，这间叫做"清风明月"，互相交换了一下眼色，顾新铭说："就这间。"

于是，这对五十多岁的上海夫妻，就在颇有名气、价格颇有门槛的兰亭惠一个叫做"清风明月"的小包间坐了下来。包间里的布置自然是中式的格调，红木或者仿红木的桌椅，青绿山水瓷餐具，同款的瓷筷搁上整整齐齐地排着两双筷子，一双是红漆木筷，一双是黑檀木的。旁边有沙发、茶几和衣帽架。难得的是，这里的沙发坐上去有足够的硬度，不颤颤悠悠，靠垫也够饱满，很得力地支撑起整个腰部，不露声色地让人坐得既松弛又不累腰。这才是真的让人坐的，而不是摆出来让人看的沙发。真正好的餐厅和过得去的餐厅，差距往往就在这些细节上。

服务员先送上来两个放在影青兰花瓷托里的热毛巾，然后给每人斟了一杯茶，看汤色，应该是普洱。然后把一大本、黑缎封面、沉甸甸的菜单递了过来，含笑说了声"两位先看看，需要点菜的时候按一下呼叫铃，我们马上来为你们服务"，就先出去了。

好餐馆就是这样，不急，总是给客人留余地。这个余地，既是心理上的礼遇，也是做生意的技巧。寻常日子难免忙碌，进了餐厅，先让人休整和放松一下，从容之后才能进入"吃饭"的状态，在对的状态下再点菜，点菜的人也愉快，餐厅也愉快——因为心情好的人往往会点更讲究的菜。另外，经过二十分钟以上的等待和喝茶——尤其是消食去腻的普洱茶，再看那些撩人食欲的照片，食欲更容易旺盛起来。过去有个口号叫做"多快好省"，那么这时候点菜，容易点得多，点得快，点得好，唯独不省。

　　喝了一盏茶，汪雅君略带愁容地说："我们要不要先点菜？"

　　"先点。等她来了好说话，你说呢？"

　　"也是。可是……"

　　"你担心什么？"

　　"不要我们菜点好了，结果她不来哦。"

　　顾新铭停了几秒钟，说："不会，她会来的。"

　　顾新铭就按了呼叫铃，这回进来了一个领班模样的人，态度更加殷勤得体，见多识广的样子，于是双方有商有量，顾新铭一口气点好了冷菜、按位上的汤、小炒、主菜，汪雅君刚想问："是不是差不多了？"只听领班说："再加一个蔬菜，差不多了。你们才三位。"顾新铭说："好，要不要甜品？"汪雅君说："我不要了，胖。"顾新铭就说："那就先这样,等一下客人到了,再让她看看要什么甜品。"领班说:"这样最好了。"就出去了。

静了一会儿,汪雅君说:"现在是五点四十,时间还早……约好是六点。不过幸亏我们到得早,不然只能坐那间包间,就蛮尴尬。"

顾新铭说:"这种时候,请客的人一定要早到的。事先电话里、微信里再怎么说,总不如自己来看看,七七八八、边边角角有什么问题,到了才能发现,也才来得及调整。"

汪雅君说:"还是你有经验。这些地方,听你的总没错!"

顾新铭看了妻子一眼,心里觉得舒坦多了。在这种时候,如果只是说一句"对呀"或者"还真是这样",却忘了赞美男主人,那只是及格。大部分上海女人都不会只是及格,她们会明确归功于丈夫——不过,大概率,她们只会说前一句,但是他顾新铭的太太还会加后面一句。一个"总"字,与其说是在一个很长的时间跨度中认可和抬举丈夫,不如说更多的是显出一个妻子对丈夫的欣赏和信赖是长期的,近乎"始终不渝"的意思了。

不管怎么说,自己选人的眼光比儿子强多了。

服务员轻轻敲了两下包房的门,然后打开,司马笑鸥到了。

司马笑鸥长得眉清目秀，小巧白皙，介于职业和休闲之间的米色套装显得她身材苗条而气质大方。城市里白领女郎从大学毕业到三十五岁是看不出年龄的，要不是顾家夫妇知道她今年二十九了，猜测她的年龄是困难的。

顾新铭和汪雅君都站起来迎接她，态度热情而有轻微的不自然。不自然并不是因为热情是假的，而是因为想充分地把热情表现出来，却要把热情背后的愧疚藏起来，可是彼此都知道这愧疚就是热情的一部分来源，所以很难藏得天衣无缝。而且，似乎也不应该把这份愧疚藏得天衣无缝？不好拿捏。毕竟面对这种局面，他们也没有经验。

司马笑鸥的脸色比想象中的要好，她似乎不是来赴这样一个滋味复杂、注定不会轻松愉快的宴会，而是参加一个商谈合同具体条款的工作晚餐，表情的主调是礼貌，还有着理智的清醒和一点不那么在意的清淡，还有一丝不易察觉的戒备——似乎在防范谈判对方在表面友善之下的算计。

"小鸥来了，快坐，快坐！"

"路上顺利吗？服务员，倒茶！"

"顾伯伯好，汪阿姨好。"司马笑鸥说，表情和声调都很正常。

三个人坐在旁边的沙发上,喝了几口茶,这时候冷菜上来了,汪雅君说:"冷菜上来了,我们边吃边聊?"

顾新铭让汪雅君坐了主位,然后自己和司马笑鸥分坐在她的两边,这个他们事先没有商量过,就自然而然这样坐了——因为这样,便于汪雅君就近给客人布菜和倒饮料。

桌上的冷盘有四个:一个冻花蟹,一个卤水小拼盘,一个四喜烤麸——这是本邦菜,兰亭惠也有几个融合菜,多少有几个本邦菜和川菜的菜式,四喜烤麸是上海家常菜,本来上海人下馆子不会点这个,但是做起来挺麻烦,现在许多人也都偷懒在餐厅里吃了;一个桂花山药泥——山药泥自然不成形,为了好看,用模子压出了一朵朵花的形状,上面浇了糖桂花和蜂蜜,雪白花朵上面有两种深浅不同的黄色点缀,看上去精致讨喜。卤水拼盘是在六种里面自己选的,他们选了卤水掌翼和猪利——广东人真有趣,为了讨口彩,猪舌永远叫作猪利,因为"舌"谐音是"蚀本"的"蚀",而"利"就是"一本万利"的"利"了。

汪雅君看着猪舌,心想:名字叫得好听有什么用?有些事情,蚀就是蚀,亏就是亏。就拿小鸥来说,恋爱了两年,然后分手,两年的青春,伤透的心,怎么看都是女孩子蚀本呀。

上海话猪舌也不叫猪舌，而叫门腔。顾新铭心想：如果真是吃什么补什么，那今天自己和汪雅君确实应该多吃门腔，变得会说话一些，才好。

世界上，人和人的关系不但最复杂，也最难以预料。就说眼前的司马笑鸥吧，和他们是什么关系呢？两年零一个月之前，他们就是陌生人。两年前，她成了他们的儿子顾轻舟的女朋友。一年半前，她和他们正式见了面，他们也都认可和喜欢这个女孩子。半年前，他们已经把她当成了自己的准儿媳妇，高高兴兴地谈论起婚房和婚礼的问题。那个时候，是他们和这个姑娘的人生轨迹最靠近的时刻，几乎再进一步就成为一家人了。但是三个月前，顾轻舟突然说和她不合适，死活分了手。于是，现在，他们其实已经没有关系了。

不要说司马笑鸥，就是汪雅君和顾新铭都觉得非常突然和难以接受。顾新铭对太太说："大概儿子看上别人了。不然不会这么绝情。"汪雅君说："小鸥这么好的姑娘，这死小鬼还要哪能？""哪能"是上海话，"怎么样"的意思。顾新铭说："我找他谈谈。"

他找了一个中午，特地到顾轻舟的单位门口，和儿子单独吃了一顿午饭,然后傍晚回到家对太太说:"看样子,只能让他去了。"汪雅君说:"那么他是有别人了吗?""可能吧,但好像没那么简单。他反正拿定主意了。"汪雅君不接受——"这是什么话?我找他谈!"顾新铭说:"你是他妈妈,你和他谈可以,但是你不要激动。"汪雅君血压有点高,控制血压的药又时吃时不吃。

当天晚上母子谈话很快进入对抗模式。顾轻舟喊:"她爱不爱我,你比我清楚?"汪雅君说:"就是比你清楚!你这个没良心的!你要是看上别人就承认,不要敢做不敢当!"顾轻舟气势低了一些,说:"我要怎么和你说呢?我们这一代,和你们不一样,大家都是脑子很清醒,在做一个选择。""那你为什么不选择小鸥?她哪一点配不上你?""她好多地方都比我强,问题是这一点你们知道,她自己也知道,我们在一起我有一种学渣被要求上进的感觉,我不喜欢。""你不爱她!如果你爱她,为她上进上进有什么问题?啊?""是,我发现我不爱她,按照你们的标准,我可能从来没有爱过谁。""你!你不要和我耍无赖噢我告诉你,我直接怀疑你有问题,你是不是有新的女朋友,把人家肚子搞大了,所以要急吼吼和小鸥分手,赶紧去娶人家?""拜托,老妈,这是上世纪的故事了好吗?我遇到更合适的,换个女朋友也很正常,但是因为你说的原因结婚,你觉得我会那么土吗?""你!"汪雅君有点头晕,顾新铭赶紧进来把母子分开了。

花了两三个星期,夫妻俩终于弄明白了,顾轻舟确实有了新的女朋友,这位是正宗上海人,李宝琴,二十五岁,大学本科学历,小公司文员,工资只拿来自己吃饭和零花的,父母是挣足了钱退隐江湖的生意人,所以这姑娘的名下,有价值两千多万的房子一套,地段好,房型好,保时捷一辆,结婚时还有丰厚嫁妆。唯一缺点是,这姑娘年轻而不貌美,长相乏善可陈,开足了美颜也很一般。夫妻俩一致认为:完全不如司马笑鸥。不漂亮不说,这种家庭出来的,就是个地主家的傻闺女,娇气加刁蛮,已经够顾轻舟受的,而且什么也不懂,什么也不会,其实是没法一起过日子的。顾新铭说:"结婚是终身大事,可要选对人。"顾轻舟说:"都说结婚选对人,可以少奋斗二十年,如果选她,我可以少奋斗三十年。"夫妻俩一起失声说:"你真的要选她?"顾轻舟说:"如果结婚,我就选她,可是我还不一定想结婚呢。"汪雅君说:"你到底和小鸥有没有谈恋爱啊?现在有没有爱上别人啊?我怎么听来听去,都没有什么感情呢?"顾新铭说:"儿子,我也不是很明白,不过作为老爸,我要提醒你:

婚姻对男人也是大事情,你要理智。"顾轻舟说:"你们两个人商量好了再来和我搞脑子,好不好?一个要我讲感情,一个要我讲理智。就很搞笑。"

汪雅君觉得头晕,只能坐下了,"儿子,不要说人家小鸥想不通,你总要让妈妈理解你呀。唉哟,我怎么会生了你这个儿子!"顾轻舟听见母亲带了哭腔,停住了要离开的脚步。顾新铭说:"你和爸爸妈妈好好谈谈。不管选哪一边,另一边至少不要出人命。"顾轻舟转过身来,带着不耐烦和无奈说:"出什么人命啊?你们不要以为司马笑鸥爱上了我,她也是——在可能的范围里选中了我而已。如果有更好的男人出现,她一样会头也不回走开的,你们不知道吗?"顾新铭说:"可是你们互相选中了,对方没有改变心意,你改变了呀。"顾轻舟说:"因为李宝琴出现了,而且她主动追我了呀。"汪雅君说:"你有女朋友,她怎么可以这样?""奇怪,为什么不可以?如果谈恋爱了就不可以换人,那为什么要谈恋爱?都相个亲,然后直接去民政局好了!你们讲点道理好吗?"顾新铭问:"她能让你要和小鸥分手,说明你动心了,那么你看上李宝琴什么呢?是她家有钱吗?"顾轻舟说:"在有钱的家庭长大的人不一样,她做人不那么起劲,不会什么都很在乎很紧张,也不要求我上进，大家在一起很轻松，可以一起享受人生。另外，她们家有钱，也是个优点啊，结婚的房子、车子都是现成的，将来我不用按揭，你们留着钱养老，有什么不好呢？我就想不通，你们到底生什么气？！"顾新铭说："人生哪有这么便宜的事情？儿子啊，你太年轻了！"汪雅君说："没有爱情的婚姻是不道德的呀，儿子。"顾轻舟像听到好笑的段子那样，一下子笑了起来，"你的老校长恩格斯说的，对吗？"再次转身走了。汪雅君对着他后脑勺喊一句："她父母有没有文化？还宝琴呢，不知道这是《红楼梦》金陵十二钗的一个吗？那种家庭，那种长相，怎么好意思叫这个名字！"顾新铭说："好了好了，名字不是重点，至少没有叫宝钗吧。"汪雅君说："哪怕她叫林黛玉，我也不要！我就是认定了小鸥做儿媳妇！"

外面的防盗门咣当一声关上了，顾轻舟出去了。顾新铭说："看来他是真的拿定主意了。"汪雅君说："我反对！我们怎么对得起人家小姑娘？怎么对人家父母交代？谈得好好的，该做的、不该做的都做过了，然后莫名其妙就分手？人家肯定要骂我们上海人没家教不像样，说这家父母都睡着了吗？儿子这样也不管？"顾新铭叹了一口气："我知道你反对，我也反对呀。我当面和他说了：爸爸妈妈都喜欢小鸥,你要分手,她伤心,我们舍不得,你放掉了她也很难再找到这么好的了,希望你珍惜。其实你和她结婚,是我们家高攀,要不是你是上海人,有主场优势,估计你打破头还娶不上人家呢。他说:不是你们要和她结婚,是我在选人过一辈子好吗?当初你们谈朋友,你们结婚,我干涉过吗?"汪雅君忍不住笑了,然后笑容一敛,更生气起来:"这什么话?!他跟谁学的,三十岁的人了,讲话这副不正经的腔调!"顾新铭长叹了一口气,说:"你也知道他三十岁的人了,所以,我们反对也反对过了,后果自负的警钟也敲过了,也没办法了。"汪雅君一时不知道怎么回答,愣了好久,茫然地问:"格么哪能办?"顾新铭说:"让他去!"汪雅君想了想,也说:"烦死了,让他去!让他去!"

上海话说"让他去"的发音很像普通话的"娘遗弃",最后的一个字唇齿摩擦得厉害,听上去咬牙切齿,有愤恨,有无奈,更充满了鄙视和不屑的味道。

司马笑鸥是贵州人,自己一个人大学考到了上海,从此留在上海打拼,如今在一个大公司里有一个很不错的位置,年收比当公务员的顾轻舟丰厚。她皮肤雪白,五官立体而精致,虽然一米六二的身高不够高挑,依然算得上是个漂亮姑娘,而且一看眼睛就知道很聪慧,智商情商双在线的那种。接触下来,明显要比顾轻舟成熟,有一种离家早的人特有的懂事和干练。顾轻舟虽然比她大一点,但从小到大没有离开过上海,其实反倒是温室里的花朵。司马笑鸥对未来的公公婆婆也是要温度有温度,要礼数有礼数。过年的时候,在回贵州之前,小年夜先请吃饭,双手送上一盒茶叶(是顾新铭喜欢的正山小种)和一盒燕窝,一看盏形和成色,汪雅君就一边惊叹一边笑着责备:"哎呀,你这戆小姑娘疯了吗?这个太贵了!自家人,一定要送么,也送点碎的吃吃好了!"初六,一回上海就来拜年,再送大冬天里最好的鲜花和进口车厘子。去年,连他们两个过生日也有表示,顾新铭生日收到一个精致的栗子蛋糕,汪雅君生日收到一瓶法国大牌的脸部专用精油,司马笑鸥说可以滴两滴在面霜里,加强对面部皮肤的保养,又不麻烦。汪雅君惊叹说:"真是用心啊!精油滴在面霜里头,我还没有这样讲究过呢。"顾新铭开玩笑说:"人家小姑娘出手这么大方,你不要开心得太早,你等着,以后他们房子的首付你是跑不掉了!"说这话的时候,汪雅君刚洗完脸,先不回答,从容地用无名指轻轻地往眼睛下方点上几点芝麻大小的眼霜,用无名指轻轻地抹开,然后用三个手指弹钢琴一样点匀了,才说:"你以为吓得死我啊?不是准备好了吗？首付我们来，按揭让他们自己来。过两年要是生孩子，正好我们也退休了，可以帮他们带。"顾新铭说："还是要请个阿姨的，不然你吃不消的。"汪雅君说："嗯。都这么晚了，睡觉吧。你怎么还在喝茶？"顾新铭说："这是小鸥送的茶，还没喝透，不能浪费。"

那时候，这两个人，第一次有了要做公公婆婆的感觉，第一次以满意、喜悦、期待的心情准备迎接一个家庭新成员加入。当然，上海家长在孩子婚嫁时必须拥有的万事俱备、运筹帷幄的骄傲感，他们也有了。

而现在，把他们联结在一起的顾轻舟不在这里，他甚至都不知道父母要请司马笑鸥吃饭，只有他们三个人——一对心愿落空，还要来对曾经的准儿媳道歉、安抚的夫妇，以及一个因为受了伤害而随时可能拂袖而去的女孩子，坐在这个包间里，面对着四个冷盘，虽然是兰亭惠的招牌菜，但是看上去冷冰冰的。

"小鸥，吃呀，吃呀！"汪雅君用公筷往她碟子里搛菜，注意把每样菜摆放得整齐，互相之间保持距离，免得串味。

顾新铭看见汪雅君用调羹舀了一勺混合了金针菜、香菇、黑木耳、花生的烤麸往司马笑鸥的碟子上送，突然脸色一凝，眉头皱了起来，坏了！百密一疏，自己犯了一个错误，这道菜不该点。"烤麸"除了是上海家常的冷盘，也是过去上海人婚礼上必备的一道菜，因为，烤麸的谐音是"靠夫"，结婚后凡事依靠丈夫，"夫"能够一辈子"靠"得住，这是新娘一方的强烈心愿，往往也是新郎新娘两家的共同心愿，因此"四喜"是例行的口彩，"烤麸"（靠夫）才是真正的祈愿和祝福。司马笑鸥是被分手的，对她来说，顾轻舟根本靠不住，所以今天的席上出现这道菜，就大大的不妥了。顾新铭此刻只能舒开眉头、装出若无其事的样子，心里安慰自己：司马笑鸥毕竟是外地人，又年轻，应该不知道上海人这些"老法"的规矩和说法，如果真是这样，那就太好了。对天发誓，今天，他们两夫妻可是世界上最在乎司马笑鸥情绪的人了。

司马笑鸥慢条斯理地吃了一朵山药糕，一片卤水猪利，一个冻花蟹的蟹钳——蟹壳事先都是夹破了的，所以用筷子轻轻拨几下，四分五裂的蟹壳很简单就脱落了，一点不费事就可以吃到完整的蟹肉了。兰亭惠就是兰亭惠。最后是四喜烤麸，司马笑鸥没有吃，不知道是不喜欢吃，还是知道那个说法所以拒绝碰它。汪雅君这时候也发现问题了，看了顾新铭一眼，整整齐齐的衣服下面，两个人身上都出汗了。

这时候汤来了。一人一盅橄榄瘦肉螺头汤,打开汤盅盖,就闻到香味。"小鸥,喝汤!"喝一口,又清鲜又甘甜,连这三个没心思真吃饭的人也觉得好味到熨帖。"这道汤清热解毒、润肺滋阴,对人很好的。"顾新铭说。他真心希望,这道汤,或者说这种心理催眠,能在上海凉爽而干燥的秋天,从嘴巴到喉咙再到五脏六腑,为遭遇感情挫败的女孩子提供一点帮助。

三个人静静地把汤喝完,居然没人说话,好像突然一丝不苟地遵守起"食不言"的古训似的。

然后上了牛排。虽然每人一份,这个牛排小得出奇,只有成年人手掌心大,还比手掌心窄,但是服务生上菜的时候,领班特地进来介绍了一声:"这是和牛牛排,请趁热用。我们的配方是专门研制的,所以建议贵宾自己不再加任何调味,就这样享用。"看了这个阵仗,自然知道这道菜身价是高的,再一看上面的雪花纹,用刀一切感觉到那种质感,就知道不是骗人的,切一小方放到嘴里,果然是和牛。顾新铭说:"是和牛,和我在日本吃过的差不太多。"汪雅君问:"这不是日本来的吧?听说国内没有真正日本进口的和牛。"领班笑了一笑,说:"请三位吃起来,边吃边听我说——如果有人说他们端出来的是日本进口的和牛,您不要相信,我们这是澳洲和牛。虽然不是日本进口的,但是我们是正规渠道进口的,而且是真正的有等级的和牛,像今天这个牛排,绝对是 M6－7 等级的,绝对香,雪花分布很好,也不会太油。"顾新铭点头说:"我刚才一吃,就知道不是日本和牛,不过东西是好东西。我就喜欢你们这样,有一说一,不要吹,不要浮夸。说的人踏实,听的人也踏实。"领班说:"我们也最欢迎您这样的客人,见多识广,上海人说叫'懂经',而且又客客气气。"顾新铭说:"哈哈您客气,您客气。你们会做生意!"领班说:"欢迎您多来!这是我的名片。"司马笑鸥没说什么,只是娴熟地用刀叉把小小的牛排切成四五块,然后一块一块送进嘴里,同时似看非看地听着,但她明显比刚进来的时候松弛了,神情深处的那一丝戒备也找不到了。

领班走后,汪雅君对司马笑鸥说:"这牛排还不错,就是太小了,你年轻,可以多吃点肉,要不要再来一份?"

司马笑鸥说:"不用不用,我不减肥,不过也要控制体重的。"说完这句话,她脸上有了一点笑影子。

"是啊是啊,你们这一代比我们好,从小有控制体重的意识,所以身材比我们这一代好多了。"

"哪里,阿姨您和顾伯伯都保养得好。"司马笑鸥一半被迫一半真心地说。其实这话本来是真心的——她过去和顾轻舟说过，上海人到底不一样，你爸爸妈妈身材、风度都很好，打扮也很得体，可是今天不是说这种话的心情和氛围，却又出于场面需要不得不说，于是一句真话刚说出口，就死了一半，好像是不合时宜的恭维。当她自己意识到连说一句真心话都这么尴尬，不由得叹了一口气。

顾新铭和汪雅君几乎同时叹了一口气。顾新铭有点可怜汪雅君，于是决定自己先开个头，他记得读过一本《如何有效交谈》之类的书，里面说，在面对容易引发争执和不愉快的谈话时，一定要用"我""我们"来开头，哪怕不得不说"你"，也不能说"你怎么生气了？"要说"我觉得你好像生气了"；不能说"你误会我了"，要说"我不是这个意思，但我表达得不好，好像引起你的误会了"。总之是要主动担责的意思。于是他说："小鸥啊，伯伯和阿姨也不能做什么，今天就是想请你吃个饭。"司马笑鸥浑身微微一震，马上垂下了眼帘，好像不愿意让人看见她的眼神。

汪雅君赶紧说："我们心疼你，可我们也插不上手。你也知道，孩子大了，爹妈简直成了弱势群体，根本管不了。你相信我，要是打他能把他打听话，我早就用家法打得他趴下了。"

司马笑鸥似笑非笑地说："还不至于。"这句话有点微妙，是说顾轻舟罪不至此，还是说自己不至于沦落到这一步，要男方的家长用暴力来逼迫男朋友留在自己身边？汪雅君和顾新铭对视了一眼，顾新铭不开口，汪雅君只好继续说："小鸥啊，我们都很喜欢你，真的，已经把你当成……家里人了，弄成今天这样，我真是万万没想到啊！我们心里也很难过。"司马笑鸥嘴边浮起一缕似悲凉似讽刺的笑容，说："对不起，让你们操心了。"顾新铭马上补救，说："千万别这么说！是我们对不起你。你是个好姑娘，你做得都很好，都是顾轻舟不好，他这个人不成熟，完全拎不清，不知道自己几斤几两，不知道如何珍惜感情，也不知道该如何选择人生伴侣，他将来肯定要后悔的。"想了想，一咬牙，把最严重的一句说出来了："是我们教子无方，对不起你。"汪雅君也说："我们真的很内疚，都没脸见你。"

只听司马笑鸥一个字一个字地说："都是成年人，哪怕是犯罪，也是自己进监狱，哪有株连父母的？这事和你们没关系。"两个人听了这句话，抬起了头，看见她喝了一口茶，稳住了气息，继续说："何况，谈恋爱，本来就是两种结果，要么结婚，要么分开。你们放心，我不会去纠缠顾轻舟，将来他和别人结婚，我也不会去砸场子的。"

两个人心头一宽，同时又一酸：已经没有希望成为儿媳妇了，依然有这样的态度，可见过去的种种懂事不是假的，真是难得的好姑娘，可惜江湖一去深似海，从此彼此是路人。汪雅君说了出来："我们知道，你是个明事理、重情义的姑娘。顾轻舟配不上你，真的，你也许现在不相信我的话，过几年，就会觉得我说的是对的，到那时你还会庆幸没有嫁给他呢。"顾新铭喃喃地说："确实，你样样比他强。是他没福气，真的，是我们顾家没福气……"

司马笑鸥不知道是被打动了，还是触动了心事，低着头，好一阵子没有声音，然后，她好像下了决心似的，缓缓地抬起头，说："我这些天是很难过。但你们知道我心里最过不去的一个坎，在哪里吗？""你说，你说！"夫妻俩争先恐后地说。让司马笑鸥在他们面前倾诉一番，这是他们请这顿饭的最大希望啊。

"他可以和我分手，什么理由都可以——两个人在一起，要两个人都愿意，分手就不一样，只要一个人想分手，就只能分手。他可以不爱我，可是他不该说我不爱他，他说我只是快三十了，急着想找个人结婚、在上海安个家。我不是！我受不了他这样冤枉我！"

顾新铭说："这个他说得完全不对！"汪雅君说："他

胡说！你只当他放屁！"

司马笑鸥说："我对他说，你不能这样说我，除非你从来没有爱过我。然后你们知道他说什么？他说：你们女人真奇怪，反正就这样了，爱过，没爱过，有什么区别？"她的眼圈和鼻子都红了，但是没有让眼泪流下来。

夫妇俩都沉默了，因为真的不知道说什么。没想到儿子如此现实，如此狠绝。同时也深深感到了自己立场的尴尬和语言的无力。

"伯伯，阿姨，谢谢你们这么接受我，疼爱我。我不知道他在你们面前会怎么说，我今天来，就是想告诉你们，我是真的爱过顾轻舟，是真的看上他，我也说不清为什么，我就是爱他这个人，想和他在一起，想和他白头到老，不可以吗？他要分手我没办法，可为什么我的感情还要被这样否定、这样不在乎？现在我也看明白了，我不是他要找的人，他也不适合我，所以，分手就分手，总比以后离婚强。"司马笑鸥的脸色苍白，嘴唇也失去了血色——口红已经在吃饭过程中消失了，所以现在是真实的唇色。但她始终没有流下来一滴眼泪，倒是汪雅君眼泪汪汪了。

好在装在青绿山水大瓷盘里的清蒸珍珠斑上来了。平时请客，点一条笋壳鱼或多宝鱼也就是了，但是今天，顾新铭觉得一定要珍珠斑。普通石斑鱼也很鲜,肉质也够弹牙,但是珍珠斑的嫩,是超乎一切石斑的,价格也是超乎其他养殖石斑的,所以——今天必须要珍珠斑。顾新铭说:"你给小鸥搛点鱼肉,这是珍珠斑,好吃,又不会胖。"汪雅君用不锈钢长柄调羹,一下子拨下来一大块雪白的鱼肉,放到司马笑鸥的碟子里。司马笑鸥慢慢吃掉了。

然后又上了一道脆皮百花鸡,一道黑松露汁烩鲜鲍,一道锅烧杂菌豆腐,一道白灼西生菜。

这时候顾新铭用另起一段的口气,说:"小鸥,人这一辈子,总会遇到一些不开心的事情,也只能面对。我们呢,真的很喜欢你,也知道你一个人在上海,虽然事业有成,但是毕竟没有亲人,我们希望,以后像朋友一样来往,你如果遇到什么事情,自己解决起来有困难,只管来找我们。商量商量啊,需要我们出点力啊,我们都很乐意。"

司马笑鸥显然没想到他会这样表态,迟疑地说:"这个……不用了。"

汪雅君说:"小鸥啊,你如果不嫌弃,就把我们当成亲戚吧!我们是小老百姓,你知道的,他在出版社,我在学校里,都快退休了,但我们总归这把岁数了,好歹算是长辈,你有需要的时候,要想到我们,碰到为难事情了,不要一个人撑,发个微信、打个电话告诉我们,好不好?"

司马笑鸥愣了一会儿,脸上有混合着惊讶、委屈和感动的神情掠过,然后恢复了平静,说:"好的。谢谢。"她的双唇恢复了一些血色。

汪雅君说:"对了,甜品刚才还没有点,小鸥,你看看你想吃什么?流沙奶黄包?陈皮红豆沙?燕窝蛋挞?天鹅酥?他们的甜品也很不错的。"

"不用了,阿姨。"

"吃个甜品吧,心情会好。"

司马笑鸥幽幽地说:"心情,总要让我不好一段时间吧。整件事情,我也只剩这个可以决定了。"

汪雅君要说话,顾新铭用眼神阻止了她。这顿饭,司马笑鸥的情绪就像退潮的大海,虽然还有一浪一浪地往回卷,但是总体是浪越来越远去,海面越来越平静了。这下子回浪有点猛,也只能等它自己下去,这时候不能乱说话,这时候如果说错一句话,岂不是前功尽弃?这女人,就是性子急!

最后还是汪雅君做主,选了冰淇淋,顾新铭从来不吃甜品,于是她和司马笑鸥一人两球冰淇淋,慢慢地吃着。第一球冰淇淋吃完的时候,汪雅君说:"小鸥,阿姨送你一件礼物,是我们做长辈的一点心意,希望你收下。"她从背后的手提包里拿出一个红色的丝绒盒子,打开,里面是一个老凤祥金手镯,没有花样,光面的一圈,看上去有点像藤条做的,出人意料,有古朴的感觉。

司马笑鸥睁大了眼睛:"阿姨,您这是做什么?太贵重了!我不能收!"

"你听我说,我们上海人家,孩子大了,总归要买个手镯的,是为了保值,所以都不讲时髦,就是买老凤祥的。这是我去年买的,当时觉得足金手镯比较土,你肯定不会戴,也就是给你压压箱底,所以给你选了这个实心的。"

司马笑鸥说:"手镯还有实心的?"

顾新铭说:"虽然是实心的,但分量不重,也就五十克,你看,标签还在,也没多少钱的。你收下吧。"

司马笑鸥说:"我心领了,但我还是不能收。"

汪雅君说:"这是我心里想着你买下来的,不可能以后去给别人,所以我一定要给你,你也一定要收下,听见没有?你不要多说,你就收下!"语气里有伤感,也有赌气。顾新铭知道,这是妻子本色出演,一定会有效果的。

果然,司马笑鸥听出了这语气里的真实感情和江湖义气,终于慢慢伸出了手,接过那个丝绒盒子,"那我收下了。

谢谢阿姨,谢谢伯伯。"

司马笑鸥吃第二球冰淇淋,心想:这么好的一对父母,如果能是自己的公公婆婆,该多好?本来就应该是的!这个镯子,本来是他们给自己的结婚礼物,谁知道突然一脚踩空,什么都变了……又想:连他们都这样对自己,可见顾轻舟是何等无情,何等过分!最可恨的,他变心不要紧,还要把过去的感情说得一钱不值……一想到这里,忍了整顿饭的眼泪涌了上来,来势汹汹,在失控之前,她猛地站了起来,匆匆地说:"我先走了。谢谢伯伯阿姨!再见!"就推开包厢门走了。夫妇俩追到包房门口,只看见她纤细的背影飘一样消失在走廊尽头的光影中。

顾新铭拉拉汪雅君,两个人回到餐桌前,坐下来。一坐下来才觉得非常疲惫。

顾新铭说:"有点累。"

"我头痛。"汪雅君说。

"都老了。"顾新铭说。

"想想当初,我们什么都没有,还不是照样结婚,生子?哪有这么复杂?"

"是啊,你当初那么漂亮,怎么就那么傻,我什么都没有,就嫁给我?开头还是和我父母挤在一起,后来单位总算末班车分了房子。你跟了我这个穷人,这三十多年,真是不容易。"

汪雅君白了丈夫一眼,说:"不要说得那么作孽相,我们的房子涨了多少倍,你怎么不说?再说你也不差呀,兼职啊,股票啊,拳打脚踢,这三十年可没少挣。关键是你的心思都在家里,嫁给你这种男人,心里踏实,夜里也睡得着。"

顾新铭得到妻子的赞美,心里甜丝丝的,说:"是你不容易,当年那么相信我,嫁给我这个穷小子,和我白手起家。"

汪雅君看看丈夫几乎全白了的两鬓,不由得伸出手去,拍拍丈夫的手臂,说:"还是你好,当初选中我就是我,三十年来一心一意的。不像某些人,本事嘛没有,还要那么花!"

顾新铭说:"他拎不清!他以为人生这么便当啊?往往是越想走捷径,越会走弯路的。"

汪雅君说:"就是呀。一开始如果不是真心看上这个人,以后有点风吹草动都过不下去的呀。现在这些年轻人,真不知道在想什么!他们懂什么?一辈子长着呢。"

顾新铭转移话题说:"不过,你也不要光生气了。如果——我是说如果啊,他一定要和这个小李结婚,也不是一点优势都没有。"

"什么优势?就有钱啊?一个一米八的男子汉,怎么可以想这样当小白脸吃软饭？"

"他们房子和车都现成，确实省力很多，不过关键还不在这里，关键是，我问清楚了，对方父母没读过大学，早婚早育，现在女孩子的父亲才五十岁，母亲还不到五十岁，而且又在上海，将来他们生孩子，不要说坐月子，就是帮忙带孩子，女方父母应该也靠得上。"

汪雅君眼神闪了几下，然后沉默了，顾新铭知道她在心里盘算，一时不知道该说什么。半晌，只听汪雅君长叹了一口气，"没劲！你说，是我的儿子要谈婚论嫁，怎么说也是喜事，怎么我这心里就这么不痛快呢？"

顾新铭也长叹一口气，"我和你差不多。大概我们都落伍了，都是老人类了！"

汪雅君说："那我们真是选对人了，不管新旧，夫妻最要紧是两个人谈得拢。"

顾新铭看了看妻子，他发现曾经是班花的妻子，不知何时，双眸不再如水清澈，眼角也出现了细密的皱纹，像开片瓷器上的裂纹。

顾新铭说："不管了，我们好久没有两个人出来吃饭了，今天就当我们两人世界吧。"

"是啊，这么好的地方，刚才吃得没滋没味，菜都凉了。"

顾新铭说:"现在帮儿子的屁股擦好了,接下来我们放松,慢慢吃!"

"你说得这么难听,好像我们刚才在搞危机公关一样,我可是真心的。为什么一定要送她那个手镯?让她派用场的。我们对人家说得好听,什么'你有困难来找我们哦',这就是嘴巴上讲讲的,一点都没用的!人家小姑娘也是要面子的人,以后无论如何不会来找我们的。她一个人在上海,还是给点东西防身吧。给她那个,是千足金的,分量也有了,平时放着呢,保值;万一碰上难处,拿出来,总还可以抵几个月房租。"

真是一个好女人!顾新铭想。他突然有一点站起来拥抱一下这个女人的冲动,这是一种他好久没有体会到的感觉了。当然作为一个上海人,这种外露的方式,是和他们绝缘的,即使在四下无人的包房里,他也不会这么做。就像在上海话里面,根本没有"我爱你"这句话一样。

他特别温润地看了看妻子,好像想用眼神抚平她眼角的细纹似的。然后高声唤:"服务生,来一下!把菜都拿去热一热!"

2021年7月28日毕,11月11日改定